AF271957

Ein

Urlaub

mit

schönen

Folgen

Eine Erzählung von Kurt Peuschel

Liebe Leser und Leserinnen, da ich kein gelernter Schriftsteller bin, bitte ich über etwaige Schreibfehler oder falsche Satzstellung lächelnd hinwegzusehen.

Danke.

Herstellung und Verlag:
BoD – Books on Demand, Norderstedt
ISBN 978-3-8482-3261-1

Ich war mal wieder Urlaubsreif, die letzten zwei Jahre hatten mich ganz schön in Anspruch genommen, ich musste mein Haus auf Vordermann bringen, ich hatte viel zu tun, also nahm ich mir vor, im Bayrischem Wald zwei Wochen Urlaub zu machen. Ich kannte da in Rathmannsdorf bei Vilshofen ein Hotel, dort wollte ich hin. Nach einer angenehmen Anfahrt meldete ich mich im Hotel, dort wurde mir gesagt, dass das Haus voll besetzt ist, was nun? Der Herr an der Anmeldung sagte mir, dass am Ende des Ortes eine Frau wohnt, die Zimmer vermietet. Ich solle dort nachfragen, ob eventuell dort noch ein Zimmer frei ist. Sie würden sich bei mir melden, wenn bei ihnen im Hotel ein Zimmer frei würde. Jetzt war ich schon hier, da wollte ich auch bleiben. Ich fuhr zu dem besagten Haus, eine junge Frau kam heraus und fragte mich nach meinem Begehr. Ich sagte: „Im Hotel sind alle Zimmer belegt und man sagte mir, dass sie vielleicht noch ein Zimmer frei haben. Wenn ja, könnte ich bei ihnen wohnen?" Sie sagte: „Ich habe schon ein Zimmer frei, sie können es haben, aber es ist natürlich nicht so komfortabel wie im Hotel." Sie stellte sich als Leni Wöllner vor und machte auf mich einen guten und seriösen Eindruck, sie hatte etwas Anziehendes an sich. Ich sagte ihr, dass ich mir das Zimmer gerne ansehen möchte, im Haus war alles sehr sauber und ordentlich, das war schon mal gut. Sie zeigte mir das Zimmer und fragte: „Wie lange möchten sie bleiben und wollen sie ein Frühstück?" Das Zimmer war einfach aber sauber, es gefiel mir. Ich sagte ihr, dass ich vorerst mal eine Woche hier bleiben möchte und sie nannte mir den Preis. Das Zimmer kostete inklusive Frühstück pro Tag 40 DM, auf Wunsch könnte ich gegen Aufpreis auch Mittag- oder Abendessen bekommen. Ich entschied mich erst mal fürs erstere. Ich wollte noch meine Sachen aufs Zimmer bringen und mich häuslich einrichten. Sie half mir beim tragen und fragte, ob sie mir noch etwas helfen könnte, ich bedankte mich bei ihr für ihre Hilfe und fragte: „Könnte ich einen Kaffee bekommen?" Sie sagte: „Kommen sie bitte nach unten, ich habe dort Kaffee und ein Stück Kuchen." Ich räumte meinen Koffer aus und ging dann nach unten, ein herzhafter Kaffeeduft kam mir entgegen, sie hatte den Tisch gedeckt, sie bat mich Platz zu nehmen und ein paar Stückchen Süßes lagen auch da. Während ich den Kaffee trank hatte ich Gelegenheit, mir die Dame etwas genauer anzusehen.

Sie war etwa 25 bis 28 Jahre alt, sie war hübsch und hatte eine gute leicht füllige Figur, aber ein leichter Anflug von Trauer prägte ihr Gesicht. Sie hatte aber irgendwie etwas Anziehendes an sich, so dass ich sie immer wieder ansehen musste, sie war wie das Haus, gepflegt und sauber. Nur langsam kam eine Unterhaltung zustande, sie war sehr zurückhaltend, ich erzählte ihr woher ich komme und dass ich dringend ein paar Tage Ruhe benötigte um auszuspannen. Sie sah mich an, lächelte leicht und meinte, dass dies hier sicher der richtige Ort wäre. Ich sagte ihr, dass ich vor circa zwei Jahren im Hotel zur Post schon mal Urlaub gemacht hatte. Es war mittlerweile später Nachmittag geworden, da fragte ich: „Könnte ich heute bei ihnen ein Abendessen bekommen?" Sie bejahte mit der Frage was ich gern möchte. Ich sagte: „Machen sie mir das, was sie auch essen, ich bin nicht anspruchsvoll, ich lasse mich gern überraschen." Sie lächelte, dadurch wurde ihr Gesicht noch hübscher, sie meinte, sie würde etwas gutes machen. Ich ging auf mein Zimmer um meine restlichen Sachen einzuräumen. Das Zimmer war schön groß, hatte zwei Fenster und eine herrliche Aussicht über das ebene Land, im Hintergrund waren ein Teil der Alpen zu sehen. Frau Wöllner klopfte an und lud mich zum Essen ein. Ich ging mit nach unten, ein appetitlicher Duft kam mir entgegen. Auf dem Tisch standen die Speisen, es war ein Gedicht. Sie fragte: „Darf ich mich zu ihnen setzen und beim Essen Gesellschaft leisten?" Ich sagte: „Natürlich, das ist eine Ehre für mich, wenn sie mit mir zusammen speisen." Gemeinsam genossen wir ihr delikates Essen, es gab ein ländliches Gericht, Schweinefilet mit bayrisch Kraut und Knödel, einfach Klasse. Ich lobte ihre Kochkunst und den guten Geschmack.

Ich hatte mir ein paar Flaschen Wein von zu Hause mitgebracht, so lud ich sie ein, noch ein Glas mit mir zu trinken. Sie erzählte mir, dass ihr Mann vor einem Jahr mit dem Motorrad tödlich verunglückt ist und dass sie jetzt allein ist. Das Haus gehöre ihr, sie haben es ihr schon wegnehmen wollen, um damit seine Schulden zu begleichen. Aber sie hatte damals nicht mit unterschrieben, so konnten die Bank sie nicht haftbar machen. Sie muss jetzt arbeiten, von ihrem Mann gibt es keine Rente. Deshalb vermietet sie ab und zu ein oder zwei Zimmer, um überleben zu können. Sie tat mir leid, ich hatte meine Hand auf die ihre gelegt, sie wehrte nicht ab, vielleicht benötigte sie mal einen verständnisvollen Gesprächspartner. Lange saßen wir noch da und sprachen miteinander, es wurde schnell Mitternacht, wir waren müde, ich wünschte ihr eine gute Nacht und ging nach oben ins Bett. Ich hörte noch wie unten eine Tür ging, dann schlief ich ein. Am anderen Morgen, ich hatte mich unter der Dusche frisch gemacht, ging dann nach unten. Der Frühstückstisch war gedeckt, Kaffee, Brötchen Marmelade und Wurst standen da und ein Zettel lag auf dem Tisch. Ich nahm den Zettel, dort stand: <Ich musste leider zur Arbeit, guten Appetit, lassen sie alles stehen, ich mache das nachher sauber. Wenn sie weggehen, bitte einen Schlüssel mitnehmen. Bin bis Mittag zurück. Leni.> Ich ließ mir das Frühstück schmecken, machte dann das Geschirr sauber, stellte es auf die Anrichte und stellte den Teller mit Wurst und Butter in den Kühlschrank, ich war das ja von zu Hause gewohnt. Ich zog mir ein paar stabile Schuhe an und verließ das Haus, ich wollte mich noch etwas mit dem Ort und der Gegend bekannt machen. Unweit des Ortes befand sich ein altes Schloss, das wollte ich mir ansehen, leider war niemand anwesend. Also ging ich weiter, ein kleiner Gasthof sah einladend aus, so machte ich hier eine Pause. Ich ließ mir das Essen schmecken, so ein Spaziergang an der frischen Luft macht Appetit, dazu ein gutes Bier, einfach herrlich. Ich ging weiter, machte einen Bogen um den Ort, so konnte ich von der Höhe aus gut die Umgebung überblicken.

Es war schon später Nachmittag als ich wieder in meinem Quartier ankam, Frau Wöllner war schon zu Hause. Sie bedankte sich, dass ich das Geschirr am Morgen gesäubert hatte, sie meinte, ich müsste das aber nicht tun. Ich sagte ihr, dass ich das ja bei mir auch machen muss. Sie lächelte wieder so, als wenn jemand immer von quälenden Gedanken befallen ist, sie interessierte mich sehr, ich fand jeden Tag mehr Gefallen an ihr. Fängt so die Liebe an?

Ich war 30 und noch ledig, mit Frauen hatte ich bisher nur gespielt, die Richtige war nie dabei. Sollte ich eventuell hier in dieser Einöde die richtige finden? Ich war jetzt schon eine Woche bei ihr, fühlte mich sehr wohl und mein Ego erholte sich hier gut. Dann kam ein Telefonanruf, ich müsste schnell nach Hause kommen, am Haus sei etwas zu machen. Ich sagte dies Frau Wöllner, sie sollte aber mein Zimmer freihalten, ich würde bald wiederkommen. Ich zahlte meine Rechnung großzügig und machte mich auf den Weg. Nach circa zwei Stunden Fahrzeit kam ich zu Hause in Erlangen an. Ein Hausbewohner zeigte mir was passiert war, ein Sturm hatte einen Antennenmast losgerissen und dabei einige Ziegel aus dem Dach gelöst, dieselben hatten dann die Dachrinne stark beschädigt. Ich bedankte mich bei dem Mitbewohner der mich angerufen hatte, sofort beauftragte ich eine Firma, welche die Schäden beheben sollte. Da es sowieso Monatswechsel war, hatte ich noch verschiedene Arbeiten im Büro zu verrichten. Ich musste etwa 10 Tage dableiben, bis alles wieder in Ordnung war. In mir war eine Sehnsucht erwacht, ich wollte wieder so bald wie möglich nach Rathmannsdorf fahren. Leni hatte in dieser Zeit ihre Freundin getroffen und sie hatten sich auch über mich unterhalten. Die Freundin hatte Leni mit negativen Gesprächen stark verunsichert, die Freundin fragte, ob ich Geld von ihr wollte und ob sie mir eins gegeben hat, wenn ja, dann kommt der doch nicht wieder. Leni sagte ihr, dass ich nie von ihr Geld gewollt habe und dass ich sie gut bezahlt hätte. Nette Freundin, aber der entfachte Zweifel bleibt. Traurig und etwas enttäuscht ging sie nach Hause, sie dachte noch, wieder eine Enttäuschung mehr. Sie kam in den Hof und sah mein Auto stehen, schnell lief sie ins Haus und mir direkt in die Arme. Sie war total durch den Wind und sagte: „Schön dass sie wieder da sind." Am liebsten hätte ich ihr einen Kuss gegeben, ich hielt sie immer noch im Arm, dann machte sie sich los und entschuldigte sich für ihr Verhalten. „Wie dumm von mir" sagte sie. Ich sagte: „Das war gar nicht dumm, sondern ein freudiger Willkommensgruß, der mir sehr gefallen hat." Sie meinte noch, man sollte auf niemanden hören, ich konnte mir in etwa denken, wie das gemeint war. Sie lud mich dann zum Abendessen ein und fragte: „Sie waren lange weg, hat alles geklappt, ist alles in Ordnung?" Ich sagte ihr, dass soweit alles in Ordnung sei und dass ich jetzt meinen Urlaub verlängere. Dann kam von ihr die Frage, ob ich bei ihr bleibe oder ob ich ins Hotel Post gehe. Ich sah sie an und sagte: „Natürlich bleibe ich hier wenn sie das möchten." Sie freute sich richtig darüber. Ich sah sie etwas heimlich an, sie hatte immer noch diesen fast gequälten Zug im Gesicht, den wollte ich mal bei Gelegenheit ergründen. Es kam jedoch anders als ich dachte.

Am anderen Tag, Leni war beim arbeiten, sie war in der Gemeindeverwaltung tätig, da kam ein kleines Mädchen ins Haus, sie war etwa 5 Jahre alt, schüchtern fragte sie: „Wo ist meine Mama?" Ich war erstaunt und fragte: „Wer ist deine Mama? Ich kenne nur Frau Wöllner." Sie sagte: „Das ist doch meine Mama." Ich war ein wenig durcheinander, warum hatte sie von dem Kind nichts gesagt? Ich sagte zu der Kleinen: „Komm mal her und setz dich mal zu mir, du brauchst keine Angst haben, ich tu dir nichts, wie heißt du eigentlich?" „Ich bin die Irene und wer bist du?" „Ich bin der Kurt" und dann erklärte ich ihr, dass ich ein Feriengast bin. Ich hatte sie zärtlich in den Arm genommen, was sie sich gern gefallen ließ und fragte sie: „Wo warst du die ganze Zeit?" Sie sagte: „Meine Mama hat mich zur Oma geschickt, weil sie arbeiten gehen muss." Nun wusste ich, warum Leni immer so deprimiert war. Ich hatte Irene im Arm und streichelt sie, da kam Leni in die Stube, sie sah uns und wusste nicht wie sie sich verhalten sollte. Ich fragte sie: „Wieso haben sie nie etwas von dem Kind erzählt?" Den Tränen nahe sagte sie: „Ich hatte solche Angst, dass sie gleich wieder gehen würden."

Was soll ich da noch sagen, für mich war klar, sie hatte sich in mich verliebt und gedacht, mich vielleicht wieder zu verlieren, obwohl sie mich noch gar nicht hatte. Ein etwas komischer Zustand, hatte ich mich doch auch in sie verliebt. Ich stand auf, ging zu ihr hin, nahm sie in den Arm und sagte: „Liebe Leni, jetzt muss ich es dir sagen, ich liebe dich und das Kind ist dabei das wichtigste. Ich wusste schon am ersten Tag, dass du die richtige Frau für mich bist. Nur fehlte bis der richtige Moment um es dir zu sagen." Irene sah mich entsetzt an, ich sagte zu ihr: „Irene du brauchst keine Angst haben, ich nehme dir deine Mama nicht weg, im Gegenteil, du wirst immer unser Mittelpunkt sein, wenn deine Mama es auch will." Leni sah mich an und fragte: „Ist das wahr, du liebst mich?" Tränen des Glücks liefen über ihre Wangen, das machte sie noch anziehender, ich küsste sie und sie gab mir den Kuss zurück. Irene stand hilflos da, ich nahm sie in den Arm streichelte ihr Gesicht und sagte: „Irene, ich liebe deine Mama und du gehörst dazu, lass uns eventuell irgendwann eine Familie sein." Irene spürte, dass ich es ernst meinte, sie schmiegte sich an mich, ein liebes Kind. Wir verbrachten den Tag miteinander, mir war wichtig, dass Irene Vertrauen zu mir bekam. Nach dem Abendessen gingen wir noch etwas spazieren, es war ein sehr schöner Abend, ich hatte Lenis Hand in meiner, an der Hand hatte ich Irene. Die erste Zeit einer Liebe ist schon etwas schönes, so etwas erlebt man nur einmal, schnell hat uns dann der Alltag wieder im Griff. Wieder zurück musste Irene ins Bett, es gab noch einen gute Nacht Kuss und weg war sie. Leni und ich saßen noch etwas beieinander, ich küsste sie zärtlich und wir besprachen noch dies und das, dann gingen auch wir schlafen. Leni hatte meine Hand genommen und zog mich mit in ihr Schlafzimmer. Ich nahm sie in den Arm, wir küssten uns, es war wunderschön, langsam begannen wir uns zu entkleiden, dann standen wir nackt da, sie war ein sehr schöner Anblick. Sie hatte einen wunderschönen Körper, ihre Brüste waren herrlich, ich hatte sie im Arm, es war wunderbar ihren Leib zu spüren. Ich fühlte ihre Wärme und genoss ihren Geruch, sanft fielen wir ins Bett, wir blieben die ganze Nacht zusammen, das Paradies kann nicht schöner sein.

Am anderen Morgen wachte ich auf und betrachtete Leni, sie schlief ruhig und sie war zum anbeißen schön. Ich beugte mich sachte über sie um sie mit einem Kuss zu wecken, sie wachte auf und sah mich strahlend an, einfach glücklich. Wir standen auf um uns frisch zu machen, Leni war etwas schneller und ging in die Küche, um das Frühstück zu richten. Ein herrlicher Kaffeeduft zog durch das Haus und mich zog es dahin. Ich nahm sie in den Arm und küsste sie, wenn ich sie so ansehe, ich möchte mir mein Leben ohne sie nicht mehr vorstellen. Dann kam die kleine Irene, sie war noch ganz verschlafen, ich musste sie einfach streicheln, sie war so harmlos und so lieblich, sie schmiegte sich an mich, es war einfach ein köstlicher Anblick. Beim Kaffee fragte mich Leni: „Wo bist du eigentlich daheim? Ich weiß so gut wie nichts über dich." Ich sagte: „Weißt du was, wir fahren einfach mal nach Erlangen, da kann ich dir zeigen wo und wie ich wohne." Irene fragte: „Darf ich da auch mit?" „Natürlich darfst du mit, klar. Wir zwei fahren heute nach Vilshofen, solange deine Mama beim arbeiten ist." Leni ging zur Arbeit und Irene und ich fuhren los. Ich hatte den Sitz etwas verstellt, so dass die Kleine sicher sitzen konnte, sie saß da und konnte sich die Welt ansehen, was ihr sehr gefiel. In Vilshofen ging ich zur Sparkasse um hier ein Konto zu eröffnen, ich legte einen Scheck in Höhe von 20000 DM vor, um damit das Konto zu füllen. Dann gingen wir in ein Geschäft für Kinderkleidung, ich sagte der netten Verkäuferin was ich wollte, zuerst sah sie mich ganz komisch an, doch dann packte sie die Sachen in eine Tragetasche. Ich bezahlte und wir fuhren wieder heim. Irene war ganz aufgedreht über das was sie so gesehen und erlebt hatte. Sie plapperte während der ganzen Heimfahrt, sie kannte ja nur Rathmannsdorf. Gegen Mittag waren wir wieder zu Hause, Leni müsste bald kommen, wir noch etwas Zeit. Wir setzten uns vor dem Haus auf die Bank, ich hatte mir einen Wein eingeschenkt, Irene trank einen Saft, so warteten wir auf das Erscheinen von Leni. Sie strahlte als sie uns sah, zur Begrüßung gab es einen Kuss, dann ging sie in die Küche um das Mittagessen zuzubereiten. Gemütlich und genüsslich ließen wir uns es schmecken, ich betrachtete Leni heimlich und stellte fest, dass ihr Gesicht ausgeglichener aussah, es war nicht mehr so gequält, einfach ein hübsches offenes Gesicht. Am Nachmittag musste ich einiges schreiben, Leni und Irene wollten die Oma besuchen. Leni erzählte ihrer Mutter von mir, sie wollte mich unbedingt kennenlernen. Sie sagte ihr auch, dass Irene sich mit mir gut versteht, sie hoffe, dass es mit mir kein böses Ende nimmt. Auf dem Heimweg traf sie ihre Freundin Sofie Hausmann, sie meinte etwas hämisch, na hat er dich jetzt sitzen lassen? Leni sagte ihr, dass ihre Vermutungen total falsch waren, sondern dass wir zwei bzw. drei fest zusammen sind und dass wir uns lieben.

Leni und Irene kamen nach Hause, ich saß auf der Gartenbank mit einem Glas Wein, sie kamen gleich zu mir und es gab einen Kuss zur Begrüßung. Leni erzählte mir von dem Gespräch mit ihrer Freundin und dass ihre Mutter mich unbedingt kennenlernen möchte, ich versprach ihr, dass ich das nächste mal mitgehe, auch ich möchte mich ihrer Mutter vorstellen. Es wurde wieder Monatswechsel, ich sollte in Erlangen an meinem Haus nach dem Rechten sehen und die Abrechnungen machen, ich wollte Leni und Irene mitnehmen. Am frühen Morgen fuhren wir los, gegen Mittag machten wir in einer Gaststätte halt um etwas zu essen. Dann fuhren wir zu meinem Haus, ich fuhr wie immer in die Tiefgarage, Irene staunte, als sich das Tor wie von Geisterhand öffnete. Wir stiegen aus und gingen Richtung Fahrstuhl, das Tor schloss sich wieder von selbst. Der Lift war für Irene auch was neues, unsicher sah sie uns an, doch als es nach oben ging jauchzte sie vor Lust. Wir betraten meine Wohnung, Leni staunte wie sie eingerichtet war, es gefiel ihr schon sehr. Wir besahen uns mein Domizil, Küche, Bad, Büro und Schlafzimmer, ein kleineres Zimmer war als Gästezimmer eingerichtet. Leni sagte: „Es ist ja alles sehr schön, aber ich könnte hier nicht wohnen, ich mag keine Stadt, es gibt kaum grüne Flächen, nur Häuser, Straßen und keinen Platz wie bei uns." Ich nahm ihre Hand und sagte: „Du musst hier nicht wohnen, wir bleiben in Rathmannsdorf." Wir sahen uns am anderen Tag die Stadt an, ich zeigte ihnen verschiedene Sehenswürdigkeiten, welche in der Nähe lagen.

Am Nachmittag fuhren wir nach Nürnberg um den Zoo anzusehen. Das war natürlich was für Irene, sie wusste gar nicht, was sie zuerst ansehen möchte bzw. wo sie zuerst hingehen sollte. Diese vielen Tiere, das war schon was, auch Leni gefiel das gut. Es wurde spät, wir mussten den Tierpark verlassen, Irene wollte gar nicht gehen, der Abschied fiel ihr schwer. Wir fuhren wieder in meine Wohnung, dort machten wir uns noch etwas zu Essen, setzten uns noch eine Weile vor den Fernseher, dann musste Irene ins Bett, sie war durch das viele umherspringen echt müde. So saßen Leni und ich allein im Wohnzimmer, sie hatte sich an mich gelehnt, ich küsste sie, dann gingen auch wir ins Bett, es wurde wieder eine wundervolle Nacht, wir passten einfach hervorragend zusammen. Sie hatte ein kurzes leicht durchsichtiges Nachthemd an, richtig verführerisch, sie war schon schön, ich hatten einen einem kurzen Schlafanzug an, es war herrlich neben ihr zu liegen, bald hatten uns unsere Gefühle wieder voll in ihrem Bann, eng aneinander geschlungen erlebten wir unsere Körper, wie in einem Rausch fanden sich unsere Sinne, wunderschön mit ihr dies zu erleben. Am anderen Morgen nach dem Frühstück wollten wir uns noch etwas die Stadt ansehen, wir kamen in die Stadtmitte, sahen viele alte Gebäude, Erlangen hat eine wunderschöne Altstadt. Da wir gerade in der Nähe waren, bat ich Leni und Irene, in einem Cafe etwas zu trinken, ich wollte meinen Anwalt besuchen. Dieser bestätigte mir was ich schon wusste, das Nachbarhaus wird versteigert, der Preis würde bei etwa 1,2 Millionen liegen. Ich notierte mir den Termin und ging wieder zu Leni und Irene, wir fuhren wieder nach Rathmannsdorf.

Leni fragte mich, ob alles gut gegangen sei, ich konnte ihr sagen, dass alles gut war. Da kam mir eine Idee, Leni sollte zur Versteigerung mitfahren und dabei sein, wir hatten bis dahin noch zwei Wochen Zeit. Eines Tages kam ein Einschreiben für Leni, sie machte das Schreiben auf und wurde blass, dann sagte sie: „Jetzt ist alles aus." Ich verstand kein Wort, ich sah sie an, da gab sie mir das Schreiben, darin stand, dass sie innerhalb von drei Monaten 22 000 DM an die Gemeinde zahlen muss für

Kanalanschluss und Straßenneubau. Sie sagte: „Jetzt haben sie was sie wollten, jetzt muss ich verkaufen." Ich fragte: „Wieso musst du dein Haus verkaufen?" Leni sagte: „Sie drängen mich schon lange und jetzt diese Summe, die kann ich nicht bezahlen." Ich sagte nichts, was soll ich da auch sagen, mein Plan war klar, ich würde das bezahlen, sie soll ihr Haus nicht verlieren. Am anderen Morgen, Leni musste zur Arbeit, nahm ich Irene mit und fuhr mit ihr nach Vilshofen zur Sparkasse, ich legte dem Herrn das Schreiben vor und sagte ihm, er solle den Betrag gegen Unterschrift auf das Gemeindekonto einzahlen. Ich bekam meine Bestätigung dass die Rechnung beglichen war und wir fuhren wieder nach Hause. In Rathmannsdorf hielt ich noch kurz vor der Poststelle um mir noch einige Briefmarken zu holen. Da sagte Irene: „Da kommt die Freundin von meiner Mama." Die Dame, Frau Sofie Hausmann begrüßte uns und wollte sich bei mir entschuldigen, es war nicht gut was sie über mich gesagt habe, aber sie hatte auch mal eine schlechte Erfahrung gemacht, so dass man heute kaum noch jemanden trauen könnte. Sie sagte: „Ich habe sie nicht schlecht machen wollen, ich wollte nur die Leni warnen. Ich nehme an, dass sie Leni und Irene nicht schlagen?" Ich musste erst mal überlegen und fragte sie: „Was meinen sie damit?" Sie sagte: „Der Mann von Leni war oft jähzornig und hat die beiden oft geschlagen. Leni ist dann in ihrer Not oft zu mir gekommen." Ich sah Irene an, strich ihr übers Haar und sagte: „Irene du brauchst keine Angst haben, ich werde dich oder deine Mama nie schlagen." Ich verabschiedete mich von der Frau und wir fuhren heim. Zu Hause setzte ich mich auf das Sofa und sagte zu Irene: „Komm setz dich mal zu mir, ich möchte dir etwas erzählen." Sie setzte sich neben mich, ich nahm sie zärtlich in den Arm und dann fing ich an zu erzählen. „Weißt du, als ich zwei Jahre alt war, ist meine Mama gestorben, mein Papa war immer Wochen lang fort. Eines Tages lernte er eine Frau kennen und heiratete sie, sie brachte einen Jungen mit, der war drei Jahre älter als ich. Dann kamen später noch zwei Kinder, ein Junge und ein Mädchen dazu, wenn die etwas angestellt hatten, bekam ich die Schläge und da habe ich mir geschworen, wenn ich mal eine Familie habe, ich werde nie mein Kind oder jemanden anders schlagen. Verstehst du, was man liebt das schlägt man doch nicht." Sie sah mich an und schmiegte sich an mich.

Ich hatte nicht bemerkt, dass Leni an der Tür stand und alles mit angehört hat, sie kam zu mir nahm mich in den Arm und küsste mich. Sie lächelte mich an und fragte: „Wer hat dir gesagt, dass ich oft geschlagen worden bin?" Irene sagte wer es war. Nach einer kurzen Zeit bat uns Leni zum Essen, sie sagte, dass sie mit dem Kassier der Gemeinde reden wolle, damit ihre Rechnung gestundet würde. Ich sagte ihr, dass das nicht mehr nötig sei und legte ihr die beglichene Rechnung vor. Sie konnte das nicht glauben, aber als sie die Rechnung angesehen hatte, fing sie an zu weinen, sie schmiegte sich an mich und sagte: „Danke, aber hast du überhaupt so viel Geld?" Ich beruhigte sie und sagte ihr, dass dies schon in Ordnung ist. Am Abend, Irene war schon im Bett, da erklärte ich der Leni, was ich vor habe, sie sah mich an und meinte, wie willst du denn das bezahlen. Ich nahm ihre Hand und erklärte ihr, wie das Geschäft ablaufen soll und dass sie mir dabei helfen kann. Wie verabredet fand die Versteigerung am 1. September 1963 um 11 Uhr statt, Leni sollte dabei sein, doch zuerst musste Irene zwei Tage zur Oma, es war eine gute Gelegenheit, dass ich die Oma mal kennen lernen konnte. Irene war gleich damit einverstanden, also fuhren wir zur Oma. Dieselbe, eine ältere aber nette Frau, empfing mich freundlich, Leni hatte mich schon vorgestellt, hatte ihr schon mehr von mir erzählt. Wir verstanden uns gleich gut, sie wollte natürlich mehr von mir wissen, so erzählte ich ihr halt von meinem bisherigen Leben, es war für mich nicht immer leicht, aber ich habe es bisher immer gemeistert. Wir verabschiedeten uns von den beiden, ich wollte jetzt losfahren, damit wir heute noch nach Erlangen kamen. Ich musste für den morgigen Tag noch etwas vorbereiten, wir wollten dann in meine Wohnung, wo wir schlafen konnten. Leni verstand dies alles noch nicht, deshalb musste ich sie in meinen Plan einweihen.

Heute wollten wir noch mal den Abend für uns haben, deshalb gingen wir noch etwas Essen, so brauchten wir in der Wohnung nicht mehr kochen. Als wir ankamen war es schon leicht dunkel, wir machten es uns noch gemütlich, bei einem Glas Wein gab es eine gute Stimmung. Wir saßen auf dem Sofa, kamen uns bald näher, ich hatte sie im Arm, mit küssen, streicheln und schmusen kamen bestimmte Sehnsüchte auf, so gingen wir bald ins Bett. Wir erfüllten uns unsere Wünsche, es war ein heißes Verlangen, Leni war ganz schön temperamentvoll wenn sie einmal in Stimmung war. Wir passten in jeder Beziehung gut zusammen. Ich strich über ihre herrlichen Brüste, sie hatte das gern, über ihren Bauch, ihre Schenkel, sie küsste mich verlangend und bald waren wir im siebten Himmel. Es ist wie immer ein sehr schönes Spiel, wir bekamen nicht genug von einander, doch dann siegte die Natur, eng aneinander geschmiegt schliefen wir ein. Am anderen Morgen gab es ein deftiges Frühstück und dann wollten wir losfahren. Wir waren rechtzeitig da, Leni sollte auf die andere Seite sitzen und auf mein Zeichen den Betrag von 700 000 DM nennen, ich würde dann erhöhen auf 750 000 DM und so müsste es klappen. Der Auktionator begann mit den üblichen Floskeln, stellte das Projekt vor und dann begann die Versteigerung, der Auktionator setzte den Preis mit 1,2 Millionen an, die Interessenten lachten, viele verließen die Auktion. Der Preis ging auf eine Million, keiner zeigte Interesse, die meisten waren schon gegangen, wir waren nach etwa sechs Personen, da gab ich Leni das Zeichen. Sie stand auf und bot 700 000 DM, der Auktionator war irritiert, die Erben machten lange Gesichter, der Auktionator wartete einen Moment, dann schlug er mit seinem Hammer zu, einmal, zweimal, da machte ich mein Gebot von 750 000 DM. Keiner machte Anstalten mehr zu bieten, der Auktionator schlug zu, zum ersten, zum zweiten und zum dritten, das Haus gehörte mir. Ich gab Leni ein Zeichen, alles ok. Jetzt kam noch der leidige Papierkrieg, die drei Erben waren nicht zufrieden, aber ein Zurück gab es nicht mehr, 750 000 DM wechselten den Besitzer. Wir verließen zufrieden den Sitzungssaal. Ein guter Kauf? Das muss sich erst noch erweisen, ich war zufrieden. Vor dem Haus sagte der Auktionator zu mir: „Ich hätte nicht geglaubt, dass der Verkauf heute zum Abschluss kommt." Zuerst gingen Leni und ich in ein mir bekanntes Lokal, um den Kauf noch etwas zu feiern. Da fragte mich Leni: „Warum machst du so etwas, du bist doch allein?" Ich sah sie an, nahm ihre Hand und sagte: „Liebe Leni, für dich und unsere Tochter." Sie sah mich an und fragte: „War das jetzt gerade ein Heiratsantrag?" Ich küsste ihre Hand und sagte: „Wenn du mich willst?" Sie strahlte, am liebsten wär sie mir um den Hals gefallen. „Natürlich will ich dich, dafür würde ich sogar hier mit dir wohnen." Wir verbrachten noch zwei Tage in Erlangen, ich wollte mir erst noch die Mieterliste holen und das Haus etwas näher betrachten.

Es wird einige Veränderungen geben und vor allem muss der Block von außen renoviert werden, aber zuerst wollte ich direkten Kontakt zu den Mietern aufnehmen. Im Keller war ein kleines Büro eingerichtet, dort holte ich mir noch verschieden Unterlagen, welche ich benötigte. Als alle angefallen Angelegenheiten erledigt waren fuhren wir wieder nach Rathmannsdorf und holten zuerst Irene von der Oma ab. Der heutige Abend gehörte wieder uns, es gab noch viel zu bereden, über das, was wir gestern und heute getätigt hatten. Irene war schon im Bett, da saßen wir zwei noch bei einem Glas Wein engumschlungen zusammen, so konnten wir den Abend noch genießen. Leni meinte, komm lass uns ins Bett gehen, das andere können wir alles morgen machen. Gemeinsam gingen wir dann schlafen, Leni schlüpfte eng zu mir her, dann war sie auch schon im Land der Träume. Bei mir dauerte es auch nicht mehr lange, ich dachte noch, es ist schön so eine Frau an meiner Seite zu wissen, dann schlief auch ich ein. Am Morgen wachte ich auf, da war Leni schon in der Küche und machte für uns das Frühstück. Ich begrüßt sie mit einem Kuss, fragte sie, ob sie gut geschlafen hat, was sie lachend bejahte. Wir ließen uns das gute Frühstück schmecken, so fing der Tag schon gut an. Irene kam noch halb verschlafen zu uns, so waren wir wieder komplett. Leni fragte mich, was ich heute tun muss, ich erklärte ihr, dass ich erst mal die Namen der Mieter aufschreiben muss, um dann Einladungen drucken zu lassen für ein allgemeines Treffen. Ich möchte mich ihnen dann vorstellen um festzustellen, was sie darüber denken, dass sie jetzt einen neuen Hausherrn haben. Heute wollte ich die Hauspläne studieren, um Aufschluss zu bekommen, wie und was ich am Haus machen kann, damit ich ihnen nicht unwissend gegen über treten muss. Ich fuhr nach Vilshofen, um eine Druckerei zu finden, welche mir die Einladungen nach meinen Wünschen drucken soll. Das ganze sollte schnell geschehen, denn der laufende Monat hatte nur noch 16 Tage, in dieser Zeit muss die Mietzahlung umgeschrieben sein, auch meine Bank in Erlangen musste informiert werden, damit alles seine Richtigkeit hat. Nach zwei Tagen waren meine Einladungen gedruckt und ich konnte sie an die einzelnen Mieter schicken. Am 22. September 1963 um 16 Uhr fand dann die Mieterversammlung statt.

Eine entsprechende Lokalität kannte ich, auch sie wurden von mir benachrichtigt. Am 20. September fuhr ich nach Erlangen um mir noch eventuelle Einblicke zu verschaffen. Leni konnte zu dem Termin nicht mit, sie wurde im Amt benötigt. Ich sah mir das Haus von innen und außen genau an, hier musste einiges gemacht werden, aber ich will dem nicht vorgreifen, ich wollte es auf mich zukommen lassen, mal sehen was die Mieter zu sagen haben. An dem Abend ging ich noch in die Gaststätte zum Essen und noch zu erfragen, ob für Morgen alles klar war. Am Morgen des 22. September war ich bei meiner Bank, um ein entsprechendes Konto zu eröffnen. Ich wollte beide Häuser getrennt bearbeiten können. Am Nachmittag fand ich mich rechtzeitig im Gasthof ein, es folgten noch ein paar Umstellungen, dann konnte es losgehen. Langsam kamen die Leute an, sie wussten ja noch nicht, was auf sie zukommt. Als alle da waren, eröffnete ich diese Versammlung, alle sahen mich fast feindselig an, ich dachte bei mir, habe ich etwas falsch gemacht?

Ich stellte mich den Leuten vor und bat sie, bevor sie irgendwelche falsche Ansagen machten, dass ich ihnen erst mal meine Ansicht darstelle. Ich sprach zu ihnen: „Meine sehr verehrten Damen und Herren, liebe Mieter in diesem Haus. Ich möchte mich erst mal vorstellen, mein Name ist Kurt Sander, ich habe das Haus gekauft, es ergeben sich jetzt ein paar Änderungen, die wichtigste ist folgende, die Miete für ihre Wohnungen sollten sie bitte auf das Konto überwiesen, welches auf ihrer Einladung angegeben ist. Ich bitte sie höflichst, dass sie dies beachten, um eventuelle Rückbuchungen zu vermeiden. Im übrigen möchte ich es erst mal so halten wie meine Vorgänger, ich weiß nicht, ob sie mit dem Vermieter zufrieden waren, sie können es mir nachher alles sagen. Ich möchte sie auf keinen Fall als

Mieter verlieren, ich möchte mit ihnen ein gutes Verhältnis aufbauen. Es wird einige Veränderungen geben, wie ich bereits gesehen habe, sie sind davon aber kaum betroffen, außer es muss etwas in ihrer Wohnung gemacht werden. Wenn sie es mir erlauben, möchte ich sie in ihren Wohnungen besuchen, um mir ein Bild über dieselben machen zu können, sie haben dann Gelegenheit, mich über irgendwelche Notwendigkeiten aufzuklären. Im Moment habe ich keine weiteren Fragen, ich bitte sie, wenn sie etwas sagen möchten, bitte mit Namen, denn ich kenne sie ja noch nicht. Ich werde mir Notizen für später machen. Bitte wer fängt an?" Es meldet sich der erste: „Ich bin Herr Hagmann, wir wohnen schon 18 Jahre hier in dem Haus, müssen wir jetzt Angst haben, dass wir vielleicht ausziehen müssen?" Ich sah ihn an und sagte: „Werter Herr Hagmann und das gilt für alle, ich habe ihnen schon vorhin gesagt, dass ich keinen Mieter kündigen werde, sie können versichert sein, dass sie keine Angst haben brauchen. Aber bitte machen wir weiter, vielleicht beschränken sie sich auf wesentliche Punkte, so etwa Fehler oder Schäden, die behoben werden sollten." Der nächste: „Ich bin Herr Krause, ich wohne auch schon lange im Haus, an unseren Fenstern sollte man was machen, da zieht es rein, besonders auf der Wetterseite." Ich sagte: „Wenn das bei mehreren der Fall sein sollte, dann sagen sie es mir bitte, vielleicht müssen dieselben erneuert werden, von hier kann ich das leider nicht beurteilen." Der nächste: „Ich bin Herr Meier, müssen wir befürchten, dass sie die Miete erhöhen?" „Werte Herrschaften, ich weiß nicht was sie sich unter mir vorstellen, ich habe nicht die Absicht, die

Mieten zu erhöhen. Ich würde sagen, wir lassen sie mal so wie es jetzt ist, ich muss mich erst mal genau kundig machen, dann sehen wir weiter, eine Mieterhöhung wird es momentan und auch in nächster Zeit nicht geben. Noch jemand?" Es erfolgte keine Wortmeldung, deshalb sagte ich: „Dann möchte ich sie bitten, dass sie hierbleiben und mit mir zu Abend essen, vielleicht kommen wir uns dadurch etwas näher. Ich wünsche uns allen einen guten Appetit." Während des Essens entstand ein leises Gemurmel, einige unterhielten sich über das Gehörte, waren sie nicht so richtig einverstanden? Es hörte sich so an.

Nach dem Essen sagte ich: „Ich habe vorhin bei ihnen einiges mitbekommen, trauen sie meinen Ausführungen nicht? Bitte sagen sie es mir jetzt." Einige wurden verlegen, einer sagte dann: „Wir möchten das ja glauben, aber wir sind von den Vorgängern so oft angelogen worden, so dass wir skeptisch sind." Ich sagte: „Werte Herrschaften, was ich gesagt habe das gilt, ich möchte mit ihnen ein Vertrauensverhältnis aufbauen, da muss ich natürlich auf ihre Mitwirkung rechnen können. Noch eins, sie wissen, dass das Nachbarhaus auch mir gehört, haben sie da schon mal einen Mieter klagen hören. Wenn sie momentan keine weiteren Fragen haben, möchte ich mich jetzt verabschieden. Wann ich zu ihnen kommen werde, teile ich ihnen dann noch mit. Ich wünsche ihnen noch einen schönen Abend und auf Wiedersehen." Mit diesen Worten verließ ich diese Runde, ich wollte auf alle Fälle noch nach Rathmannsdorf fahren. Die Fahrt bei Nacht verlief ohne Probleme, es war schon fast Mitternacht, als ich dort ankam, Leni war schon im Bett, kam aber zu mir, um mich zu begrüßen. Sie fragte, wie es gegangen ist, wie die Leute reagiert haben. Sie hatte sich an mich gelehnt, ich sagte ihr kurz was Sache war, denn ihr Duft vernebelte fast mein Hirn, ich musste einfach ihre Herzspitzen küssen. Bald landeten wir im Bett, eng aneinander geschmiegt schliefen wir ein. Am Morgen frühstückten wir zusammen, dann musste ich erst mal meine Notizen vom Vortag ordnen, außerdem musste ich mir einen Plan machen, wann ich die Leute besuchen wollte.

Leni hatte ihre Arbeit noch nicht aufgegeben, also musste sie dorthin, Irene wollte mir helfen, ich gab ihr Bleistift und Papier, so konnte sie sich nach ihrem Gutdünken beschäftigen. Bis zum Mittag hatte ich meine Route zusammen gestellt, die Besuchskarten wollte ich heute noch absenden, um dann in der kommenden Woche die Leute zu besuchen. Ich hatte mir für jede einzelne der 12 Wohnungen eine Liste angefertigt, so brauchte ich bloß eintragen was sich bei den Besuchen herausstellte. Zum Haus selber war folgendes zu sagen, der gesamte Treppenaufgang könnte einen neuen Anstrich vertragen, das Dach sollte kontrolliert werden, später, wenn es nötig wurde, werden neue Fenster eingesetzt und dann am Haus außen einen neuen Anstrich anbringen. Ich wollte mit den Arbeiten nicht länger warten, denn an dem Haus hatten die Vorgänger schon lange nichts mehr getan und besser jetzt etwas machen, bevor der Herbst und der Winter kommt. Eine entsprechende Firma in Erlangen war mir bekannt, sie hatte schon einiges für mich getan, die wollte ich aufsuchen und die Arbeiten in die Wege leiten. Der 1. Oktober 1963 war Stichtag, ab dato lief alles was das Haus anbetrifft über mich, also fuhr ich nach Erlangen. Zuerst galt es, die Mietzahlungen zu überprüfen, dann wollte ich die einzelnen Mieter besuchen, mit einer von mir angefertigten Liste alles dokumentieren, was gemacht werden müsste. Ich hatte dafür zwei Tage eingeplant. Der erste Besuch war gleich positiv, die Leute waren freundlich und zeigten mir alles, ich fragte sie noch, wer hier den Hausmeister macht, sie meinten, bis jetzt haben es die Vermieter selbst gemacht, ansonsten war der Herr Hagmann im Parterre gegenüber unser Mittelsmann. Ich bedankte mich und ging zu Herrn Hagmann, er war im Gegensatz zu unserem ersten Treffen sehr gesprächig. Er erzählte, dass die alten Vermieter immer getrennt kamen und so geriet immer alles in Vergessenheit. Ich fragte ihn, ob er bei mir auch den Hausmeister machen würde, ich würde mich natürlich dafür erkenntlich zeigen. Er war einverstanden, ich versprach ihm, dass ich wenn ich hier im Haus fertig bin, noch mal zu ihm komme, um näheres zu besprechen. So ging ich weiter, bei den anderen Mietern war es ähnlich, bei den Besuchen kam ich mit den Leuten viel besser ins Gespräch. In der Hauptsache besah ich mir die Fenster, besonders die Wetterseite, dieselben waren marode und sollten alle erneuert werden, auf der anderen Seite waren noch in Ordnung. Das wären 24 Fenster, wenn die gemacht sind, kann mit dem Außenputz begonnen werden. Das Treppenhaus konnte gleich gemacht werden. Wenn alles gut läuft, könnte das Haus bald wieder ordentlich aussehen. Bevor ich abfahren wollte, ging ich noch mal zu Herrn

25

Hagmann, ich sagte ihm, was ich alles vorhabe und wenn er könnte, sollte er da etwas aufpassen. Ich gab ihm meine Adresse, so könnte er mich jederzeit anrufen, dann verabschiedete ich mich und fuhr nach Hause. Unterwegs an einem Rastplatz hielt ich an, ich musste eine kleine Pause machen, da sah ich wie sich an einem Strauch etwas bewegte und ein leises Jaulen war zu hören. Ich war neugierig und wollte mir das ansehen, da fand ich einen kleinen Hund, er war an einem starken Zweig festgebunden, ich sprach ihn an, er sah mich mit schmerzerfüllten Augen an. Ich schnitt ihn los, er konnte kaum noch laufen, ich nahm ihn auf den Arm um ihn mit zum Auto zu nehmen. Ich sah ihn mir genauer an, sein Hals war total wund, er musste starke Schmerzen haben. Es erhebt sich die Frage, was mache ich jetzt mit ihm?

Er tat mir leid, also nahm ich ihn mit. In einer Ortschaft sah ich ein Schild =Tierarzt=, ich nahm den Hund und brachte ihn in die Praxis, ich erzählte dem Arzt was Sache war, er sah ihn sich an und meinte, es ist ein junger Rauhaardackel, er untersuchte ihn, gab ihm eine Spritze und verband seinen Hals. Der Doktor fragte mich, was ich jetzt mit ihm mache? Er sagte: „Wenn sie ihn jetzt wieder weggeben, dann geht er ein, er sieht in ihnen jetzt seinen Lebensretter, er wird ihnen immer dankbar sein." Wenn ich ihn mitnehme, was wird Leni sagen? Platz wäre ja genug vorhanden und Irene hätte garantiert Freude an ihm. Ich entschloss mich ihn mitzunehmen. Leni war sehr erfreut, als ich nach fast drei Tagen wieder da war, soweit war also meine Besuchstour positiv gewesen. Jetzt zeigte ich ihr den

Hund und erzählte ihr, wie sich alles zugetragen hat. Da kam Irene dazu, sah den Hund und da mussten wir uns geschlagen geben, sie hatte schon Freundschaft mit ihm geschlossen. Leni meinte lachend, so soll er halt da bleiben. Jetzt waren wir, ohne es zu wollen, auf den Hund gekommen. Leni brachte ihn erst mal im Hausgang unter, etwas Futter und Wasser, da war er zufrieden, er schlief dann auch gleich ein. Irene musste auch ins Bett, so waren wir wieder allein, wir besprachen noch, was sich so alles ergeben hat, dann machten wir uns noch einen schönen Abend. Wir saßen dicht beieinander, dazu einen guten Wein, einige Streicheleinheiten, Liebkosungen und so kamen wir uns schnell näher, das Verlangen steigerte sich und so landeten wir bald im Bett. Es war herrlich ihren Körper zu spüren, zu riechen und zu genießen, wenn dann die Gefühle über uns die Oberhand gewannen und wir uns dem Spiel voll hingeben können, bis die Glücksmomente über uns hereinbrechen, wunderbar, was kann schöner sein, als wenn sich zwei Menschen lieben. Jeder neue Tag hat einen neuen Morgen, so auch heute, zuerst gab es ein gutes Frühstück und dann musste ich mich wieder an die Arbeit machen.

Leni musste zu ihrer Arbeit, Irene wollte zur Oma, so hatte ich freie Bahn und konnte in Ruhe meine Arbeit erledigen. Beim überprüfen der Unterlagen der Vorbesitzer fiel mir auf, dass diese ihre Mieter ganz schön ausgenommen haben, besonders bei Heizung und Nebenkosten, ich wollte dies nicht machen. Ein paar Tage später fuhr ich wieder nach Erlangen, ich wollte sehen wie weit die Arbeiten fortgeschritten sind. Ich war sehr zufrieden mit dem was bisher geschehen ist. Die Fenster waren laut Absprache ausgetauscht, so dass diese Hausseite gleich verputzt und mit neuer Farbe versehen werden konnte. Die Firma drängte darauf, dass die Arbeiten noch vor dem nahenden Winter abgeschlossen werden konnten. Am 1. Dezember 1963 war es dann soweit, ich musste nach Erlangen kommen um die geleistete Arbeit zu begutachten und dann die Kosten zu begleichen. Ich muss sagen, dass alles nach meinen Wünschen gemacht worden ist. Ich überwies den genannten Betrag, somit war dann jeder zufrieden, eine kleine Feier für die Arbeiter war auch noch drin, dann konnte der Winter kommen. Langsam ging es auf Weihnachten zu, ich überlegte, was kann ich Leni und Irene schenken? Es würde das erste gemeinsame Weihnachten sein, wie würde es verlaufen? Bisher war ich immer allein, jetzt hatte ich so etwas wie eine Familie, aber bald wusste ich, mit was ich Leni eine Freude machen konnte. Sie war in meinen Augen eine sehr schöne Frau, nur Schmuck könnte sie noch schöner machen, davon hatte sie so gut wie nichts.

Ich kaufte ihr eine Kombination, eine Halskette und das dazu passende Armband, wunderschön, ich denke, dass sie das freut. Irene bekommt eine sprechende Puppe, welche sie schon oft im Laden bewundert hatte. Dann war es soweit, der Heilige Abend 1963 war da, Leni hatte einen Baum geschmückt, an diesem Abend wollten wir gemeinsam in die Christmesse gehen. Leni möchte es so, um den anderen zu zeigen, dass wir zusammen gehören, in so kleinen Gemeinden sieht jeder auf jeden und so könnte ein falscher Eindruck sehr schnell entstehen. Wir kamen in die Kirche, Irene an meiner Hand und Leni dicht neben mir, einige Leute schauten uns an. Sofie Hausmann kam zu uns und begrüßte Leni und mich, dann kam der Pfarrer, ein guter Bekannter von mir, Herbert Geismar, ich begrüßte ihn, er war sehr erfreut, mich hier zu sehen. Wir unterhielten uns kurz, dann musste er nach vorn um seine Predigt zu halten. Viele hatten das gesehen und waren einfach baff, ein Fremder kommt daher und begrüßt den Pfarrer wie einen guten Freund, das konnten sie nicht verstehen. Wir setzten uns in eine Bankreihe und hörten dem Pfarrer zu. Auch Leni hatte mich angesehen, ich bedeutete ihr, ich sage es dir später. Nach der Messe trafen wir noch mal den Pfarrer, er fragte mich, wie kommen denn sie hier her? Ich erklärte es ihm kurz und lud ihn ein, uns doch mal zu besuchen. Wir wünschten uns ein schönes Weihnachtsfest, dann gingen wir nach Hause. Dort angekommen gab es erst mal ein tolles Menü, Leni hatte sich wirklich angestrengt, es war hervorragend, dazu gab es einen edlen Tropfen Wein. Anschließend gingen wir in das Wohnzimmer, der Baum erstrahlte im Lichterglanz, Irene war total aus dem Häuschen, die letzten Weihnachten waren nicht so schön. So freute sie sich jetzt ganz besonders, auch Leni war etwas aus der Fassung, als beide ihre Geschenke erhielten. Leni hatte Tränen in den Augen, mit so etwas hatte sie nicht gerechnet. Sie fiel mir um den Hals und bedankte sich, sie sagte: „Es ist schön wie du das gemacht hast, so etwas hätte ich von meinem damaligem Mann nie bekommen. Danke dafür." Irene war ganz mit ihrer Puppe beschäftigt, es war genau die, wovon sie immer schon geträumt hatte. Ich finde es immer schön, wenn man anderen einen Herzenswunsch erfüllen kann. Ruhig verlief der Abend, Irene musste ins Bett, natürlich musste die Puppe mit, Leni und ich saßen noch auf dem Sofa, da fragte ich sie: „Liebe Leni, was hältst du davon, wenn wir am 1. März im nächsten Jahr heiraten, das wäre ein Samstag." Sie sah mich ganz entgeistert an, kuschelte sich an mich und sagte: „Wenn du das willst, ich bin bereit und sage ja." Ich nahm sie in den Arm und sagte: „Dann müssen wir morgen noch Irene fragen, was sie dazu meint." Spät gingen auch wir schlafen, im Bett kamen wir uns dann wieder näher, wir verlebten eine wunderschöne Liebesnacht, es ist immer wieder schön, mit Leni dies zu erleben. Am ersten Feiertag fragte Leni mich: „Hast du etwas dagegen, wenn ich meine Mutter zu uns hole, sie würde sonst den Tag allein verbringen." Ich bot ihr an, dass ich sie holen würde. Irene war da gleich mit von der Partie, also fuhren wir los um die Oma zu holen, dieselbe war sehr erfreut über die Einladung.

Wir fuhren zurück, Leni hatte bereits den Tisch gedeckt, so hatten wir noch etwas Zeit um miteinander zu reden. Leni sagte ihrer Mutter, dass wir am 1. März heiraten wollen, sie fand das gut, sie meinte, dass es für Irene vorteilhaft ist, wieder in einer Familie zu sein. Besonders weil Irene im kommenden Jahr in die Schule kommt, die freut sich schon lange darauf. Oma fragte: „Habt ihr mit Irene schon darüber gesprochen?" Ich verneinte das, nannte ihr auch den Grund, ich wollte Irene erst fragen, wenn die Feiertage vorbei sind, da sie jetzt noch zu sehr mit ihren Geschenken befasst ist. Ich fand, dass dies momentan nicht der richtige Zeitpunkt wäre, Oma stimmte mir zu. Wir verbrachten einen schönen Tag zusammen, Irene war mit sich beschäftigt, da fragte mich Oma: „Du bist jetzt schon so lange hier bei der Leni, aber ich weiß so gut wie nichts von dir." Sie sah mich dabei fragend an, obwohl ich es ihr schon mal erzählt hatte, sie ist halt eine ältere Dame, das hat sie bestimmt vergessen, also erzählte ich ihr kurz meine Lebensgeschichte nochmal. Sie hatte mir interessiert zugehört und meinte dann: „Du hast es aber auch nicht leicht gehabt." Leni hatte das alles mitgehört, sie hatte schon lange meine Hand ergriffen und sich an mich gelehnt, einiges hatte sie auch noch nicht gewusst.

Es war gerade eine kurze stille Pause, jeder hing seinen Gedanken nach, dann sagte Leni: „Lass uns an was anderes denken, wir machen jetzt erst mal eine Kaffeepause." Was gibt es schöneres, als im trauten Kreis zusammen zu sitzen und bei einem guten Kaffee zu plaudern. Viel zu schnell war der Tag vergangen, Leni fuhr ihre Mutter nach Hause, ich unterhielt mich derweil mit Irene, sie war total mit ihrer Puppe beschäftigt, ein glückliches Kind. Bald kam Leni zurück, dann hieß es für Irene „ab ins Bett." Wir zwei setzten uns wie so oft eng zusammen, mit einem Glas Wein ließen wir den Tag ausklingen. Leni war dicht an mich heran geschlüpft, ich musste sie einfach streicheln und küssen, glücklich sah sie mich in Erwartung an, also gingen wir ins Schlafzimmer. Wir zogen uns aus, so dass ich wieder ihren schönen Körper bestaunen, betasten und küssen konnte, besonders ihre herrlichen Brüste brachten mich immer wieder um den Verstand. Dann lagen wir im Bett, ein Wirbelsturm überrollte uns, es war wieder fantastisch dies mit allen Sinnen zu erleben, die Wellen des Glücks berauschten uns, es war eine herrliche Erlösung, ermattet lagen wir so beieinander, zufrieden und glücklich. Noch einen gute Nacht Kuss und eng beieinander liegend schliefen wir ein. Am anderen Morgen beim Frühstück machte ich den Vorschlag, nach Passau zu fahren und dort die Stadt mit dem Dom und die Donau anzusehen. Irene war total begeistert, auch Leni war dafür, also fuhren wir los, immer an der Donau entlang, das war etwas für Irene, das hatte sie noch nie gesehen. Da war die Donau, ab und zu sahen wir einen Dampfer oder ein Frachtschiff, Irene war ganz hin und her gerissen, einige Frachtschiffe lagen am Ufer, das Personal hatte wie wir Weihnachten gefeiert, nur auf dem Schiff. Dann kam Passau in Sicht, von ferne konnte man schon die Türme des Domes sehen. In der Nähe des Hafens stellten wir unser Auto ab, um dann zu Fuß die Stadt zu erkunden. Ich kannte das ja schon, so konnte ich doch einiges erklären und zeigen. Am Kai lagen mehrere Schiffe, darunter auch Ausflugsdampfer, Irene konnte es nicht fassen, sie hielt die ganze Zeit meine Hand fest umklammert, ich spürte richtig wie aufgeregt sie war. Ich versprach ihr, dass wir im Frühjahr mal eine Schiffsreise machen werden. Anschließend ging es zum Dom, ein herrliches Bauwerk, besonders im Inneren, man konnte das alles gar nicht mit einem Mal erfassen, hier war Leni von all dieser Pracht gefangen, welche hier geboten wird. Sie drückte dankbar meine Hand, konnte sich von all dem kaum satt sehen, obwohl einzelne Abteilungen gerade restauriert wurden, sah man doch die Großartigkeit dieser Kirche. Sie hatte von den Kriegswirren nicht sehr viel abbekommen, einiges war schon repariert, aber es wird noch Jahre dauern, um die Witterungsschäden zu beheben. Wir erlebten hier in Passau viele schöne Ausblicke über die Donau und Einblicke in die Altstadt, es war ein Ereignis- und Erlebnisreicher Tag. Die Dämmerung brach schon herein, also machten wir uns wieder auf den Heimweg. Irene war müde und musste gleich ins Bett, sie wird bestimmt davon träumen, was sie heute alles gesehen hat. Wir blieben wie immer noch eine Weile beisammen um dann auch schlafen zu gehen, auch wir waren müde, noch einen gute Nacht Kuss und wir schliefen bald ein. Am anderen Morgen, die Feiertage waren vorüber, da begann das Geschäftsleben wieder, schon am frühen Morgen kam ein Telefongespräch, ich sollte nach Erlangen kommen, man brauchte meine Zustimmung für eine beantragte Baugenehmigung. Ich fuhr dann bald los, um zum vereinbarten Termin dort zu sein.

Der von mir beauftragte Bauunternehmer war schon anwesend, ich sollte ihm Anweisungen über den Ablauf der geplanten Baumaßnahme geben, sie wollten gleich zu Beginn des neuen Jahres anfangen. Gemeinsam besahen wir uns das Areal, wo und wie die Tiefgarage angelegt werden soll. Bei der Gelegenheit besuchte ich noch mein Haus um zu sehen, ob alles in Ordnung ist. Meine Wohnung war top, meine Putzfrau war eine sehr zuverlässige Kraft. Eine Nacht blieb ich noch in meiner Wohnung, am anderen Tag wollte ich wieder zu Leni fahren, ich hatte schon richtige Sehnsucht nach ihr. Am späten Nachmittag fuhr ich dann los. Es war wenig Verkehr, deshalb kam ich flott voran, bald war ich wieder in Rathmannsdorf. Als ich in den Hof fuhr, wurde ich als erstes von dem Hund begrüßt, er strich mir um die Beine, er bettelte dass ich ihn streicheln soll, dann kam Leni um mich zu begrüßen, gemeinsam gingen wir dann ins Haus. Irene war schon im Bett, ich wollte sie nicht wecken, Leni erzählte, dass Irene und der Hund gute Freunde geworden sind, er hatte sich hier gut eingelebt. Irene hatte ihn Bessi getauft. Wir setzten uns mit einem Glas Wein in unsere Kuschelecke um noch etwas zu entspannen, bevor wir ins Bett gehen. Bald erwachten bei uns die Gefühle und wir zogen uns zurück, im Bett kamen wir uns schnell näher, unsere Körper verlangten einfach nach Liebe, Zärtlichkeit und die berühmten Streicheleinheiten. Unsere Sinne waren bis zum zerreißen gespannt und ließen uns die höchsten Wonnen erleben. Es war herrlich, mit Leni diese Gefühle zu teilen, Leni war ganz schön Temperamentvoll, sie verlangte von einem Mann schon etwas, wenn sie erst mal in Stimmung ist. Als die Emotionen abgeklungen waren, schliefen wir dicht aneinander geschmiegt ein.

Am Silvestermorgen gab es erst mal ein deftiges Frühstück. Dann trafen wir die Vorbereitungen für die Silvesternacht, damit wir das Neue Jahr entsprechend begrüßen konnten. Ich hatte Leni geraten, dass sie ihre Freundin mit ihrem Mann einladen soll, damit wir uns mal etwas näher kennenlernen können. Auch die Nachbarsleute sollten wir einladen, vielleicht gibt das eine nette Runde. Die Geladenen freuten sich sehr über die Einladung, Leni machte ein paar kalte Platten, damit wir abends etwas zu essen hatten. Die Nacht war herrlich, wenig Schnee und eine erträgliche Temperatur. So konnten wir draußen auf der Terrasse dem

Begrüßungsfeuerwerk beiwohnen und es uns ansehen. Es wurde eine schöne lockere Nacht. Wir verstanden uns alle gut, so gab es keine Probleme. Pünktlich um Mitternacht erklangen die Sektgläser, jeder wünschte den anderen alles Gute für 1964. Hoffen wir, dass es ein schönes und erfolgreiches Jahr für jeden wird. Es graute bereits der Morgen als wir uns trennten, Leni und ich legten uns noch ein paar Stunden aufs Ohr. Das Neue Jahr fing gleich gut an, mit viel Arbeit und für mich viel Planung, wenn die Arbeiten an meinem Bau beginnen sollen, musste die Planung perfekt sein. Bald war es wieder Mitte Januar, die Arbeiten hatten begonnen, ich wollte baldigst wieder nach Erlangen fahren, um zu sehen, wie es auf der Baustelle aussieht. Eines Morgens fuhr ich los, zuerst ging ich in meine Wohnung, hier war alles bestens in Ordnung, ich wollte gerade die Wohnung wieder verlassen, da kam meine Raumpflegerin Frau Meurer. Sie war etwas verlegen und ich fragte: „Frau Meurer, was ist los, was haben sie?" Sie sagte: „Herr Sander, ich muss leider kündigen, mir hat man die Wohnung gekündigt und hier in der Nähe habe ich bis jetzt keine andere gefunden." Ich fragte: „Frau Meurer, wo wollen sie denn hin?" Sie sagte: „Ich weiß noch nicht." „Wieso wollen sie dann gleich kündigen? Ich mach ihnen einen Vorschlag, meine Wohnung ist so groß, ziehen sie doch bei mir ein, ich bin sowieso nie da, sie können hier wohnen und mir dafür die Wohnung in Ordnung halten." Sie sah mich ungläubig an und sagte: „Das würden sie tun? Das wäre natürlich schön, ich habe sowieso gerne für sie gearbeitet, da brauchte ich mich auch nicht von meiner Freundin trennen. Ich nehme ihr Angebot gerne an, sie werden es nicht

35

bereuen." Ich beauftragte eine mir bekannte Firma, wenn es soweit ist, dass sie der Frau Meurer beim Umzug helfen, sie versprachen mir, es zu meiner Zufriedenheit zu tun. Ich verabschiedete mich von Frau Meurer und fuhr wieder nach Rathmannsdorf. Am anderen Morgen kam mit der Post ein Brief von der Schulverwaltung, dass sich Irene und Leni zu einem angegebenen Termin im Schulhaus ein finden sollten. Es ging um ein Vorgespräch zwecks Einschulung, Irene freute sich schon lange darauf.

Ich fand, dass es jetzt höchste Zeit war, mit Irene wegen unserer Heirat zu sprechen. Sie kam gerade daher, ich ließ sie neben mich sitzen und sagte: „Irene, du weißt dass deine Mama und ich uns lieben, wir möchten am 1. März heiraten, was meinst du dazu?" Irene sah ihre Mutter an, dann mich und fragte: „Ist das wahr Mama?" „Ja das ist wahr" sagte sie, „wir wollten aber erst dich fragen." Irene strahlte, fiel ihrer Mutter um den Hals und meinte: „Dann sind wir ja eine Familie." Sie sprang schnell nach draußen, um das Bessi zu erzählen. Sie war ganz durchgedreht vor Freude. Dann kam der Termin für die Schulaufnahme, Leni konnte wegen ihrer Arbeit nicht mitkommen, deshalb ging ich mit. Zuerst kamen die üblichen Fragen nach Vater und Mutter, war das Kind im Kindergarten und so weiter. Ich sagte ihnen, dass ich nicht der leibliche Vater bin, sondern dass die Mutter und ich heiraten werden, es gab ein längeres hin und her, dann kam der Test. Irene schnitt dabei gut ab, so dass der Einschulung nichts im Wege stand, nach Ostern 1964 beginnt dann die Schule. Irene freute sich schon darauf. Beschwingt gingen wir wieder nach

Hause, wir hatten ein Schreiben der Schule mitbekommen, damit wir in der Zwischenzeit besorgen können, was so ein Erstklässler benötigt. Es kam da allerlei zusammen, einen Ranzen, einen Schieferkasten mit dem nötigen Inhalt, eine Tafel und einige Hefte, das war die Grundausstattung. Wir fuhren deshalb nach Vilshofen, um das alles einzukaufen. Als wir alles hatten, fiel mir ein, eine Einschultüte benötigten wir noch, ich ließ dieselbe von der Verkäuferin gleich mit verschiedenen Süßigkeiten füllen, das Ding war dann ganz schön schwer. In bester Laune fuhren wir wieder nach Hause. In den nächsten Tagen mussten wir die Vorbereitungen für unsere Hochzeit treffen, ich war dafür, dass wir die Feier im Gasthof zur Post machen, wir rechneten mit etwa 20 Personen. Von meiner Seite war niemand mehr da, Lenis Verwandtschaft war auch nicht so groß. Einige Freunde noch, das war es dann, natürlich hatte ich Frau Meurer auch eingeladen und abgeholt. Ich hatte für sie im Gasthof zur Post ein Zimmer bestellt, so konnte sie Leni noch ein oder zwei Tage helfen und wir hatten Zeit, bis ich sie wieder nach Hause fahren konnte.

Aus dem Freundeskreis waren vier Personen bereit, als Tauzeugen zu fungieren. Am Abend vor der Hochzeit gab es für Freunde und Bekannte im Gasthof zur Post noch einen Abschiedsschmaus, ohne geht es nicht, es war recht lustig, es wurde viel gelacht und getanzt, wenn es nach dem Vorabend geht, muss die Ehe gut werden. Spät gingen wir nach Hause um noch etwas zu schlafen, damit wir am anderen Tag wieder frisch und munter sind. Der Wirt bereitete alles für die Feier vor, er hatte auch zwei Musikanten, welche für uns spielen konnten. Dann kam unser Hochzeitstermin, zuerst gingen wir zum Standesamt, wo die Trauung am 1. März 1964 vollzogen wurde. Der Standesbeamte machte seine Sache gut, er beglückwünschte uns zu unserer Entscheidung, danach gingen wir in die Kirche, der Pfarrer wartete schon auf uns, er gab uns den Segen zu unserer Ehe, er bemerkte dazu in seiner Predigt im besonderen, dass durch diese Eheschließung ein Kind jetzt wieder einen Vater und eine Familie hat, so wie es sein soll. Nach der Trauung ging es dann in den Gasthof zur Post, natürlich hatten wir den Pfarrer auch eingeladen. Das Mittagessen war hervorragend, wir verbrachten einen schönen harmonischen Nachmittag mit Kaffee und erstklassigen Kuchen, später dann das Abendessen, dann folgte ein guter Festabschluss. Sofie Hausmann war so nett und brachte Irene nach Hause ins Bett, sie war müde und wäre beinahe am Tisch eingeschlafen. Den ganzen Nachmittag hatten wir eine unterhaltsame Musik, später konnte noch getanzt werden, es ging bis spät in die Nacht, ein schöner und ereignisreicher Tag. Leni war glücklich, sie hatte sich an mich gelehnt, für sie hatte sich ein Lebenstraum erfüllt. Natürlich war auch ich mit meiner Wahl zufrieden. Es graute schon der Morgen, als wir und die letzten Gäste nach Hause gingen. Noch ein paar Stunden schlafen, dann ein kräftiges Frühstück, so werden wir den Tag schon überstehen.

Frau Meurer kam und sie konnte der Leni helfen, was derselben sehr recht war. Die Hochzeitsbande hatte das Haus ganz schön durcheinander gebracht, halt Unsinn

angestellt, wie sich das in ländlichen Breiten gehört.
Alles musste wieder in Ordnung gebracht werden.
Schnell war der Tag vorüber, Leni und Irene hatten sich
mit Frau Meurer angefreundet, deshalb fragte ich sie
beim Abendessen, ob sie hier bei uns ein paar Tage
Urlaub machen möchte. Sie sagte: „Das wäre ja schön,
aber meine finanziellen Möglichkeiten lassen das kaum
zu". Ich sagte: „Frau Meurer, sie sind natürlich unser
Gast, da brauchen sie doch nicht ans Geld denken und
sie hätten schon mal etwas Urlaub verdient". Sie sah
mich und dann Leni an, Leni sagte ihr, dass wir sie
gerne als Gast hier behalten möchten, da gab sie sich
geschlagen und willigte ein. Wir holten ihre Sachen aus
dem Gasthof zur Post, sie konnte ja bei uns wohnen.
Leni brauchte nicht zur Arbeit, so konnte sie sich etwas
stärker um Frau Meurer kümmern, so konnten sie mal
die Oma besuchen, dieselbe freute sich sehr über den
Besuch. Landschaftlich war es um Rathmannsdorf sehr
schön und vielseitig. Die Frauen konnten auch nach
Vilshofen fahren, eine mittelgroße Stadt, direkt an der
Donau gelegen, zu sehen und zu erleben gab es viel.

Frau Meurer blieb eine ganze Woche bei uns, doch dann
wollte sie wieder nach Erlangen, ihr hat es gut bei uns
gefallen, aber sie wollte ihre und meine Wohnung nicht
zu lange allein lassen. Ich sollte auch mal wieder nach
Erlangen um nach dem Rechten zu sehen und wie weit
es mit der Tiefgarage ist. Ich wollte diesmal eine Woche
bleiben um die Bauarbeiten etwas zu verfolgen. Frau
Meurer war gleich wieder in ihrem Element, sie brachte
die Wohnung gleich wieder auf Hochglanz. Ich hatte
tagsüber noch verschiedenes in der Stadt zu erledigen,

ich war fast den ganzen Tag auf Achse. Bei den Banken gab es viel zu klären wegen der Mieteingänge, den Überweisungen an die Bauausführenden, durch die Hochzeit war doch viel liegen geblieben. Auf dem Bauamt musste einiges geklärt werden, es gab da noch Probleme und neue Vorschriften, die Entwässerung sollte geändert und nach den neuen Verordnungen installiert werden, so nach dem Motto, öfter mal was Neues. Am dritten Tag hatte ich genug, so fuhr ich am Abend noch nach Hause. Leni war hocherfreut, dass ich wieder bei ihr war, ihre Nähe hat auch mir gefehlt, sowie ihre Kochkunst und die schönen Abendstunden. Wir genossen bei einem Glas Wein unser zusammen sein. Irene war schon im Bett als ich ankam, so hatten wir den Abend für uns, wir saßen eng zusammen und da blieben die diversen Streichelleien und viele Küsse nicht aus, hatten wir doch noch einiges nachzuholen. Dann ging es ins Bett, die Stimmung war schon von vorn herein aufgeheizt, unsere Sinne verlangten mehr, so erlebten wir wieder eine paar wunderschöne Stunden im Bett. Fast gierig verlangten unsere Körper nach Liebe und den glückseligen Gefühlen, welche unsere Leiber in Ekstase versetzte, bis die ersehnte Erfüllung und Entspannung in höchsten Gefühlswallungen uns diese erleben ließ. Glücklich hielten wir uns eng umschlungen, um nur ja nichts von dieser Herrlichkeit zu versäumen.

Am anderen Tag wollten wir nach Vilshofen fahren, ich wollte da auf der Sparkasse einiges erledigen und Leni wollte etwas für sich und Irene einkaufen. Irene war jetzt gerade im wachsen begriffen, laufend wurden ihr die Kleider und Schuhe zu klein. Der Einstieg ins Leben war schon immer mit Kosten verbunden. Seit Irene in die Schule geht, fing sie an, etwas Modebewusster zu werden, sie sah oft in die Kataloge, da gefiel ihr schon so manches, sie sagte mal, wenn ich groß bin, will ich auch mal eine vornehme Dame sein. Kinderwünsche, aber man muss sie als Eltern auch ernst nehmen. Am Abend, als Leni und ich wieder so eng mit einem Glas Wein beieinander saßen, meinte Leni: „Was hältst du davon, wenn wir ein zweites Kind hätten?" Ich sah sie an und fragte: „Ist das dein Ernst? Jetzt in unserem Alter noch ein Kind, schön wär es schon, aber das will schon überlegt sein. Du bist jetzt 33 Jahre alt, meinst du, dass das noch reicht, das du es noch schaffen kannst?" Sie lachte und sagte: „Ich bin doch dazu noch nicht zu alt, bis 40 geht das gut, wenn die Frau gesund ist." Ich sagte: „Wenn du es ernst meinst, an mir soll es nicht liegen, versuchen wir es." Die Wochen vergingen, da sagte Leni zu mir, ich glaube ich bin schwanger, ich nahm sie in den Arm, küsste sie und sagte zu ihr, geh doch mal zu deiner Ärztin, sie soll nachschauen, ob es stimmt, dann weist du es genau. Gesagt getan, Leni ging zu ihrer Ärztin, das Resultat, sie ist am Beginn zum 2ten Monat, soweit ist alles in Ordnung, wenn wir Glück haben, sind wir in acht Monaten zu viert. Vielleicht wird es ein Osterhase, lassen wir uns überraschen.

Es war wenig Verkehr, deshalb kam ich flott voran, bald war ich wieder in Rathmannsdorf. Als ich in den Hof fuhr, wurde ich als erstes von dem Hund begrüßt, er strich mir um die Beine, er bettelte dass ich ihn streicheln soll, dann kam Leni um mich zu begrüßen, gemeinsam gingen wir dann ins Haus. Irene war schon im Bett, ich wollte sie nicht wecken, Leni erzählte, dass Irene und der Hund gute Freunde geworden sind, er hatte sich hier gut eingelebt. Irene hatte ihn Bessi getauft. Wir setzten uns mit einem Glas Wein in unsere Kuschelecke um noch etwas zu entspannen, bevor wir ins Bett gehen. Bald erwachten bei uns die Gefühle und wir zogen uns zurück, im Bett kamen wir uns schnell näher, unsere Körper verlangten einfach nach Liebe, Zärtlichkeit und die berühmten Streicheleinheiten. Unsere Sinne waren bis zum zerreißen gespannt und ließen uns die höchsten Wonnen erleben. Es war herrlich, mit Leni diese Gefühle zu teilen, Leni war ganz schön Temperamentvoll, sie verlangte von einem Mann schon etwas, wenn sie erst mal in Stimmung ist. Als die Emotionen abgeklungen waren, schliefen wir dicht aneinander geschmiegt ein.

Am Silvestermorgen gab es erst mal ein deftiges Frühstück. Dann trafen wir die Vorbereitungen für die Silvesternacht, damit wir das Neue Jahr entsprechend begrüßen konnten. Ich hatte Leni geraten, dass sie ihre Freundin mit ihrem Mann einladen soll, damit wir uns mal etwas näher kennenlernen können. Auch die Nachbarsleute sollten wir einladen, vielleicht gibt das eine nette Runde. Die Geladenen freuten sich sehr über die Einladung, Leni machte ein paar kalte Platten, damit wir abends etwas zu essen hatten. Die Nacht war herrlich, wenig Schnee und eine erträgliche Temperatur. So konnten wir draußen auf der Terrasse dem Begrüßungsfeuerwerk beiwohnen und es uns ansehen. Es wurde eine schöne lockere Nacht. Wir verstanden uns alle gut, so gab es keine Probleme. Pünktlich um Mitternacht erklangen die Sektgläser, jeder wünschte den anderen alles Gute für 1964. Hoffen wir, dass es ein schönes und erfolgreiches Jahr für jeden wird. Es graute bereits der Morgen als wir uns trennten, Leni und ich legten uns noch ein paar Stunden aufs Ohr. Das Neue Jahr fing gleich gut an, mit viel Arbeit und für mich viel Planung, wenn die Arbeiten an meinem Bau beginnen sollen, musste die Planung perfekt sein. Bald war es wieder Mitte Januar, die Arbeiten hatten begonnen, ich wollte baldigst wieder nach Erlangen fahren, um zu sehen, wie es auf der Baustelle aussieht. Eines Morgens fuhr ich los, zuerst ging ich in meine Wohnung, hier war alles bestens in Ordnung, ich wollte gerade die Wohnung wieder verlassen, da kam meine Raumpflegerin Frau Meurer. Wir unterhielten uns noch kurz, dann musste ich meinen anderen Terminen nachkommen. Nach Erledigung aller Termine fuhr ich wieder nach Rathmannsdorf und wurde dort natürlich sehnsüchtig erwartet.

Dann kam der Termin für die Schulaufnahme, Leni konnte wegen ihrer Arbeit nicht mitkommen, deshalb ging ich mit. Zuerst kamen die üblichen Fragen nach Vater und Mutter, war das Kind im Kindergarten und so weiter. Ich sagte ihnen, dass ich nicht der leibliche Vater bin, sondern dass die Mutter und ich heiraten werden, es gab ein längeres hin und her, dann kam der Test. Irene schnitt dabei gut ab, so dass der Einschulung nichts im Wege stand, nach Ostern 1964 beginnt dann die Schule. Irene freute sich schon darauf. Beschwingt gingen wir wieder nach Hause, wir hatten ein Schreiben der Schule mitbekommen, damit wir in der Zwischenzeit besorgen können, was so ein Erstklässler benötigt. Es kam da

43

allerlei zusammen, einen Ranzen, einen Schieferkasten mit dem nötigen Inhalt, eine Tafel und einige Hefte, das war die Grundausstattung. Wir fuhren deshalb nach Vilshofen, um das alles einzukaufen. Als wir alles hatten, fiel mir ein, eine Einschultüte benötigten wir noch, ich ließ dieselbe von der Verkäuferin gleich mit verschiedenen Süßigkeiten füllen, das Ding war dann ganz schön schwer. In bester Laune fuhren wir wieder nach Hause. In den nächsten Tagen mussten wir die Vorbereitungen für unsere Hochzeit treffen, ich war dafür, dass wir die Feier im Gasthof zur Post machen, wir rechneten mit etwa 20 Personen. Von meiner Seite war niemand mehr da, Lenis Verwandtschaft war auch nicht so groß. Einige Freunde noch, das war es dann, natürlich hatte ich meine Frau Meurer auch eingeladen und abgeholt. Ich hatte für sie im Gasthof zur Post ein Zimmer bestellt, so konnte sie Leni noch ein oder zwei Tage helfen und wir hatten Zeit, bis ich sie wieder nach Hause fahren konnte. Aus dem Freundeskreis waren vier Personen bereit, als Tauzeugen zu fungieren.

Am Abend vor der Hochzeit gab es für Freunde und Bekannte im Gasthof zur Post noch einen Abschiedsschmaus, ohne geht es nicht, es war recht lustig, es wurde viel gelacht und getanzt, wenn es nach dem Vorabend geht, muss die Ehe gut werden. Spät gingen wir nach Hause um noch etwas zu schlafen, damit wir am anderen Tag wieder frisch und munter sind. Der Wirt bereitete alles für die Feier vor, er hatte auch zwei Musikanten, welche für uns spielen konnten. Dann kam unser Hochzeitstermin, zuerst gingen wir zum Standesamt, wo die Trauung am 1. März 1964 vollzogen wurde. Der Standesbeamte machte seine Sache gut, er beglückwünschte uns zu unserer Entscheidung, danach gingen wir in die Kirche, der Pfarrer wartete schon auf uns, er gab uns den Segen zu unserer Ehe, er bemerkte dazu in seiner Predigt im besonderen, dass durch diese Eheschließung ein Kind jetzt wieder einen Vater und eine Familie hat, so wie es sein soll. Nach der Trauung ging es dann in den Gasthof zur Post, natürlich hatten wir den Pfarrer auch eingeladen. Das Mittagessen war hervorragend, wir verbrachten einen schönen harmonischen Nachmittag mit Kaffee und erstklassigen Kuchen, später dann das Abendessen, dann folgte ein guter Festabschluss. Sofie Hausmann war so nett und brachte Irene nach Hause ins Bett, sie war müde und wäre beinahe am Tisch eingeschlafen. Den ganzen Nachmittag hatten wir eine unterhaltsame Musik, später konnte noch getanzt werden, es ging bis spät in die Nacht, ein schöner und ereignisreicher Tag. Leni war glücklich, sie hatte sich an mich gelehnt, für sie hatte sich ein Lebenstraum erfüllt. Natürlich war auch ich mit meiner Wahl zufrieden. Es graute schon der Morgen, als wir und die letzten Gäste nach Hause gingen. Noch ein paar Stunden schlafen, dann ein kräftiges Frühstück, so werden wir den Tag schon überstehen. Frau Meurer kam und sie konnte Leni helfen, was derselben sehr recht war.

Die Hochzeitsbande hatte das Haus ganz schön durcheinander gebracht, halt Unsinn angestellt, wie sich das in ländlichen Breiten gehört. Alles musste wieder in Ordnung gebracht werden. Schnell war der Tag vorüber, Leni und Irene hatten sich mit Frau Meurer angefreundet, deshalb fragte ich sie beim Abendessen, ob sie hier bei uns ein paar Tage Urlaub machen möchte. Sie sagte: „Das wäre ja schön, aber meine finanziellen Möglichkeiten lassen das kaum zu". Ich sagte: „Frau Meurer, sie sind natürlich unser Gast, da brauchen sie doch nicht ans Geld denken und sie hätten schon mal etwas Urlaub verdient". Sie sah mich und dann Leni an, Leni sagte ihr, dass wir sie gerne als Gast hier behalten möchten, da gab sie sich geschlagen und willigte ein. Wir holten ihre Sachen aus dem Gasthof zur Post, sie konnte ja bei uns wohnen. Leni brauchte nicht zur Arbeit, so konnte sie sich etwas stärker um Frau Meurer kümmern, so konnten sie mal die Oma besuchen, dieselbe freute sich sehr über den Besuch. Landschaftlich war es um Rathmannsdorf sehr schön und vielseitig. Die Frauen konnten auch nach Vilshofen fahren, eine mittelgroße Stadt, direkt an der Donau gelegen, zu sehen und zu erleben gab es viel. Frau Meurer blieb eine ganze Woche bei uns, doch dann wollte sie wieder nach Erlangen, ihr hat es gut bei uns gefallen, aber sie wollte ihre und meine Wohnung nicht zu lange allein lassen.

Ich sollte auch mal wieder nach Erlangen um nach dem Rechten zu sehen und wie weit es mit der Tiefgarage ist. Ich wollte diesmal eine Woche bleiben um die Bauarbeiten etwas zu verfolgen. Frau Meurer war gleich wieder in ihrem Element, sie brachte die Wohnung gleich wieder auf Hochglanz. Ich hatte tagsüber noch verschiedenes in der Stadt zu erledigen, ich war fast den ganzen Tag auf Achse. Bei den Banken gab es viel zu klären wegen der Mieteingänge, den Überweisungen an die Bauausführenden, durch die Hochzeit war doch viel liegen geblieben. Auf dem Bauamt musste einiges geklärt werden, es gab da noch Probleme und neue Vorschriften, die Entwässerung sollte geändert und nach den neuen Verordnungen installiert werden, so nach dem Motto, öfter mal was Neues. Am dritten Tag hatte ich genug, so fuhr ich am Abend noch nach Hause. Leni war hocherfreut, dass ich wieder bei ihr war, ihre Nähe hat auch mir gefehlt, sowie ihre Kochkunst und die schönen Abendstunden. Wir genossen bei einem Glas Wein unser zusammen sein. Irene war schon im Bett als ich ankam, so hatten wir den Abend für uns, wir saßen eng zusammen und da blieben die diversen Streichelleien und viele Küsse nicht aus, hatten wir doch noch einiges nachzuholen. Dann ging es ins Bett, die Stimmung war schon von vorn herein aufgeheizt, unsere Sinne verlangten mehr, so erlebten wir wieder eine paar wunderschöne Stunden im Bett. Fast gierig verlangten unsere Körper nach Liebe und den glückseligen Gefühlen, welche unsere Leiber in Ekstase versetzte, bis die ersehnte Erfüllung und Entspannung in höchsten Gefühlswallungen uns diese erleben ließ. Glücklich hielten wir uns eng umschlungen, um nur ja nichts von dieser Herrlichkeit zu versäumen.

Am anderen Tag wollten wir nach Vilshofen fahren, ich wollte da auf der Sparkasse einiges erledigen und Leni wollte etwas für sich und Irene einkaufen. Irene war jetzt gerade im wachsen begriffen, laufend wurden ihr die Kleider und Schuhe zu klein. Der Einstieg ins Leben war schon immer mit Kosten verbunden. Seit Irene in die Schule geht, fing sie an, etwas Modebewusster zu werden, sie sah oft in die Kataloge, da gefiel ihr schon so manches, sie sagte mal, wenn ich groß bin, will ich auch mal eine vornehme Dame sein. Kinderwünsche, aber man muss sie als Eltern auch ernst nehmen. Am Abend, als Leni und ich wieder so eng mit einem Glas Wein beieinander saßen, meinte Leni: „Was hältst du davon, wenn wir ein zweites Kind hätten?" Ich sah sie an und fragte: „Ist das dein Ernst? Jetzt in unserem Alter noch ein Kind, schön wär es schon, aber das will schon überlegt sein. Du bist jetzt 33 Jahre alt, meinst du, dass das noch reicht, das du es noch schaffen kannst?" Sie lachte und sagte: „Ich bin doch dazu noch nicht zu alt, bis 40 geht das gut, wenn die Frau gesund ist." Ich sagte: „Wenn du es ernst meinst, an mir soll es nicht liegen, versuchen wir es." Die Wochen vergingen, da sagte Leni zu mir, ich glaube ich bin schwanger, ich nahm sie in den Arm, küsste sie und sagte zu ihr, geh doch mal zu deiner Ärztin, sie soll nachschauen, ob es stimmt, dann weist du es genau. Gesagt getan, Leni ging zu ihrer Ärztin, das Resultat, sie ist am Beginn zum 2ten Monat, soweit ist alles in Ordnung, wenn wir Glück haben, sind wir in acht Monaten zu viert. Vielleicht wird es ein Osterhase, lassen wir uns überraschen.

Wieder zu Hause, gab es erst noch ein gutes Vesper, dann ging Irene ins Bett, sie war schon müde, der Tag war doch anstrengend gewesen. Leni und ich saßen noch bei einem Glas Wein zusammen und so kamen wir uns näher, unsere Gefühle steigerten uns wieder in ein Wunschdenken, da gab es nur eines, ab ins Bett. Ich hatte erst Bedenken, dass es dem werdenden Baby schaden könnte, sie lacht nur und sagte: „Da brauchst du keine Angst haben, soweit ist es noch nicht, wäre ja auch schade, jetzt schon auf das nette Spiel verzichten zu müssen." Es wurde eine wunderschöne Nacht, Leni brachte mich wie immer in Hochform, unsere Gelüste ließen uns wieder höchste Lust erleben. Es ist einfach unbeschreiblich schön, mit ihr die befriedigende Entspannung zu genießen. Nach dem schönen Spiel konnte ich nicht gleich einschlafen, so überlegte ich, was wird wenn das Kind da ist, wird sie noch genau so schön und begehrenswert sein, oder wird sich ihre Einstellung zum Sex ändern, lassen wir es auf uns zukommen. Man hört oft von solchen negativen Reaktionen, besonders nach Geburten. Die Zeit verging, bei Leni war es schon gut zu sehen, wie sich das neue Leben in ihrem Körper entwickelt. Dann eines Tages, an einem Nachmittag, meldeten sich die ersten Wehen, ich fuhr Leni sofort ins Krankenhaus nach Vilshofen. Sie kam sofort in den Kreissaal, ein Arzt untersuchte sie nochmal, meinte dazu, soweit ist alles normal, es kann aber noch einige Stunden dauern. Die Hebamme kam und sagte zu mir, sie brauchen hier nicht warten, sie können nach Hause fahren, wir sagen ihnen sofort Bescheid wenn es soweit ist. Ich verabschiedete mich von Leni mit einem Kuss und fuhr in Gedanken versunken nach Hause, Irene war bei der Oma, so dass ich allein im Haus war.

An Schlafen war nicht zu denken, immer musste ich an Leni denken. Dann nachts gegen zwei Uhr rief jemand vom Krankenhaus an, dass Leni einen gesunden Jungen zur Welt gebracht hatte. Ich sollte aber jetzt nicht kommen, denn die Patientin braucht jetzt Ruhe, ich sollte nach der Visite, so gegen 11 Uhr kommen. Ich konnte es natürlich kaum erwarten, zu Leni zu kommen. Ein Kuss zur Begrüßung, dann brachte eine Schwester den Kleinen zur Mutter, zugleich gab sie mir den Geburtsschein, damit ich den kleinen Erdenbürger auf dem Rathaus anmelden kann. Der Name Hans Peter war eingetragen, wir hatten uns schon rechtzeitig darauf geeinigt. Hans Peter, geboren am 6. April 1965 mit einer Körpergröße von 52 cm und einem Gewicht von 3200 Gramm. Lange blieb ich bei Leni, doch dann musste ich doch gehen, denn Mutter und Kind brauchten ihre Ruhe. Am anderen Morgen ging ich zuerst zum Rathaus und zeigte die Geburt an, mir wurde dann die amtliche Geburtsurkunde ausgehändigt.

Mit der Taufe wollten wir so lange warten, bis sich Leni wieder erholt hat. Nach vier Tagen konnte ich Leni wieder nach Hause holen. Seit Hans Peter zu Hause war, war wieder Leben im Haus, er hielt uns alle ganz schön auf Trab, Irene begutachtete ihn argwöhnisch, sie hatte sich noch nicht so richtig damit abgefunden. Sie wird einige Zeit brauchen um sich daran zu gewöhnen, dass sie nicht mehr der Mittelpunkt ist. Hans Peter wuchs bei der liebevollen Betreuung durch Leni stetig, Irene hatte sich dann doch in ihr Schicksal ergeben, sie betrachtete jetzt Hans Peter freundlicher und sie hatte ja zur Abwechslung noch ihre Bessi. Unser Zusammenleben hatte sich wieder normalisiert, Leni hatte erst eine gewisse Zeit gebraucht, um wieder so zu sein wie vorher. Ihre Figur hatte nicht gelitten, sie war so schön wie eh und je. Unser erster Abend war durch die 10 Wochen Enthaltsamkeit ganz besonders schön. Wir waren wieder mal allein, hatten wieder Zeit für uns, bei einem guten Wein kuschelten wir miteinander, ihr Duft erregte mich derart, dass wir uns bald ins Bett zurückzogen. Ihre herrlichen Brüste waren jetzt etwas voller, aber schön und verführerisch, da gab es kein Halten mehr, ihr ging es genauso. Eng umschlungen genossen wir unsere Körper, die Gefühle hatten uns voll in ihren Bann gezogen, Leni verstand es gut, mich zu Höchstleistungen zu bringen. Wunderschön war es dann, die ersehnte gemeinsame Entspannung zu erleben und zu genießen. Leni hatte von ihrem Temperament nichts eingebüßt. Wir genossen das Spiel diese Nacht mehrmals, unser Verlangen war einfach nicht zu bremsen. Etwas matt aber glücklich schliefen wir dann doch ein.

Am anderen Morgen musste ich wieder mal nach Erlangen, mein Anwalt hatte mich angerufen, ich sollte unbedingt zu ihm kommen, es gab wegen dem zweiten Haus noch etwas zu regeln. Also fuhr ich nach Erlangen, ging dann gleich zum Anwalt Herrn Reichel, er eröffnete mir, dass die Eintragung ins Grundbuch Probleme macht, die Verkäufer hatten versäumt, ihre Grundbuchrechte austragen zu lassen. Mein Anwalt ging mit auf das Amt, von den Verkäufern war keiner anwesend, ergo mussten ihre Grundbucheintragungen zwangsweise entfernt werden. Es erhebt sich die Frage, war das Absicht oder doch nur ein Versäumnis. Das wird für die Verkäufer noch ein Nachspiel haben. Normalerweise hätte ich noch gar nicht anfangen dürfen mit meinen Bauvorhaben, aber bis dato hat das niemand gemerkt. Jetzt ist somit alles rechtens. Die Baumaßnahmen waren bereits fast abgeschlossen, die

Schalungen und die Maschinen waren schon abgezogen, so konnte ich die Anlage, die mit der alten Anlage verbunden war, zuerst mit dem Architekten begutachten und dann voll nutzen, Mieter hatte ich schon genügend. Es standen 42 Garagen zur Verfügung. Mein Anwalt und ich nahmen gleich die notwendigen amtlichen Eintragungen vor, so dass uns später niemand mehr Probleme machen kann. Ich fuhr noch zu meiner Wohnung, Frau Meurer hatte wie gewohnt alles auf dem besten Stand, sie war einfach eine zuverlässige Person. Ich blieb die Nacht hier, um am anderen Tag noch einige Besuche zu machen. Am Abend durchsah ich noch meine Konten, die Baumaßnahmen hatten eine schöne Stange Geld gekostet. Die Mieten waren alle pünktlich eingegangen, ansonsten hatte ich noch einiges auf meinem Privatkonto, da konnte nichts schiefgehen, Schulden hatte ich keine, alles war bezahlt, das war gut so.

Am nächsten Morgen nach dem Frühstück verabschiedete ich mich und fuhr nach Pegnitz, um meinem Freund Gerald einen Besuch abzustatten. Ich wurde freundlich begrüßt, er ist schon ein netter Mann, schade dass er noch keine Frau gefunden hat. Wir verbrachten einen schönen Nachmittag zusammen, er zeigte mir seine Werkstatt, in einem Stadel hatte er sich ein kleines Museum mit alten Autos eingerichtet, es waren schon einige Besonderheiten dabei. Nebenbei hatte er sich noch eine Werkstatt für Landmaschinen und Trecker aufgebaut. Sein Geschäft florierte gut, besonders das für die Landmaschinen, die Bauern aus der Umgebung brachten ihm viele defekte Maschinen auf den Hof, oft nur wegen einer Kleinigkeit. Ich fragte ihn: „Warum richtest du dir keinen Werkstattwagen ein, dann könntest du zu den Bauern fahren und die kleinen Reparaturen an Ort und Stelle ausführen. Dazu bräuchtest du noch einen guten Mechaniker, der dies machen könnte." Er sagte: „Du hast recht, warum bin ich nicht selbst auf die Idee gekommen, das nehme ich mir gleich für die nächste Zeit vor. Einen entsprechenden Mann hätte ich schon, der würde das gern machen." Wir tranken noch ein paar Gläschen Wein und dann blieb ich die Nacht bei ihm, natürlich hatte ich zu Hause angerufen und Leni Bescheid gesagt. Wir entwarfen noch einen Plan, wie der Wagen aussehen sollte. Ich sagte: „Der Mann, der das Auto fährt und damit arbeitet, muss auch seine Überlegungen und Ideen mit einbringen, denn er muss nachher mit dem Ding umgehen." Gerald blickte auf die Uhr und sagte: „Du hast recht, komm lass uns schlafen gehen, es ist wieder ganz schön spät geworden." Am anderen Morgen nach einem guten Frühstück verabschiedete ich mich, mit dem Satz „wir sehen uns bestimmt bald wieder" fuhr ich los.

Gegen Mittag kam ich zu Hause an, Leni freute sich sehr als ich daher kam, Irene war noch in der Schule, so hatten wir Zeit über das gegebene zu reden. Leni war genau so froh wie ich, dass sich die Probleme in Erlangen so gut haben lösen lassen. Unser Nachwuchs schlief viel und geriet zusehends, Irene hatte ihn akzeptiert, so waren wir eine richtig glückliche Familie. Die Zeit verging, die Jahre flossen dahin, Irene ging jetzt auf die Mittelschule, sie kam dort gut mit und entwickelte sich zu einer hübschen jungen Dame. Sie wurde selbstbewusst und hatte fürs Leben schon bestimmte Vorstellungen, sie wollte das Abitur machen, dann studieren und später Ärztin werden. Bis dahin dauert es jedoch noch eine Weile, zur Zeit ist erst mal lernen angesagt. Hans Peter war gut geraten, im kommenden Frühjahr kommt er in die Schule, die Jahre im Kindergarten hatten ihm gut getan. Er war für sein Alter ziemlich kräftig und groß, um ihn brauchten wir keine Angst haben, er wird sich schon in der Schule durchsetzen. Am Anfang war er nicht so begeistert, er meinte, da lernt man doch nichts, das kann ich doch alles schon. Ein paar Wochen später sah die Sache anders aus, jetzt musste er schon lernen, es machte ihm aber keine großen Probleme, er kam gut mit. So gingen die Jahre dahin, er war immer vorne dran, ob in der Schule oder anderswo, er wollte meistens der erste sein. Eine Sorge hatten wir, Lenis Mutter hatte gesundheitliche Probleme, sie musste viel liegen, ihre Kräfte ließen nach, sie wird jetzt 86 Jahre alt.

Eines Tages musste der Arzt sie ins Krankenhaus einweisen, sie hatte schon länger ziemlich starke Schmerzen in der Brust. Im Krankenhaus stellten sie einen Tumor in der linken Lunge fest, derselbe vergrößerte sich zunehmend. Der behandelnde Arzt meinte nach einer Untersuchung, dass für sie keine große Hoffnung mehr besteht, wir mussten mit dem Schlimmsten rechnen. Ein paar Tage später war es dann soweit, wir bekamen vom Krankenhaus einen Anruf, dass wir schnellstens kommen sollten, denn mit der Oma geht es zu Ende. Eilig fuhren wir nach Vilshofen ins

Krankenhaus um die Oma nochmal zu sehen. Wir blieben bei ihr, bis sie für immer die Augen schloss. Sie hatte bis zum Schluss starke Schmerzmittel erhalten, damit sie nicht so stark leiden musste. Leni war sehr traurig, ich hatte sie in den Arm genommen, um sie etwas zu trösten. Was konnte ich schon tun, Leni hat sehr an ihrer Mutter gehangen. Leise verließen wir den Raum und setzten uns auf eine Bank, ich wollte Leni den Anblick des Abtransportes ihrer Mutter ersparen. Ein Arzt kam, gab mir den Totenschein und sprach uns sein Beileid aus.

Auf dem Schein stand <<Frau Marta Römer, geborene Stadtmann, geboren am 19. April 1890 in Erlangen, gestorben am 24. September 1976 im Krankenhaus Vilshofen.>> Leni hatte sich etwas beruhigt, so dass wir nach Hause fahren konnten. Dort angekommen, zog sich Leni erst mal etwas zurück, sie benötigte jetzt unbedingt eine kleine Pause, um sich wiederzufinden, der Tod ihrer Mutter hatte sie ganz schön getroffen. Ich hielt ihr die Kinder fern, damit sie etwas Ruhe hatte. Irene weinte als sie das erfuhr, auch sie wird die Oma jetzt sehr vermissen. Hans Peter nahm das noch nicht so richtig wahr, er verstand das noch nicht. Leni kam nach einer gewissen Zeit wieder zu uns, hatte sich wieder gefangen, sie war sehr ruhig, ich nahm sie in den Arm um ihr meine Anteilnahme zu zeigen, dankbar sah sie mich an. Wir verstanden uns manchmal auch gut ohne Worte, besonders unter solchen Umständen. Die Zeit verging, wir hatten das Haus von Oma ausgeräumt, ich schlug Leni vor, dass wir das Haus vermieten, denn wir selbst hatten momentan keine Verwendung dafür,

Leni war damit einverstanden. Irene ist jetzt 18 Jahre alt, in der Schule ist sie sehr gut, sie ist sehr zielstrebig, sie weiß was sie will. Hans Peter ist jetzt 11 Jahre alt, er geht schon ein halbes Jahr in die Mittelschule, das tut ihm gut und gefällt ihm. Für Irene wurde es Zeit, dass sie jetzt den Führerschein macht, sie meldete sich bei einer Fahrschule an, die Unterrichte machten ihr keine großen Schwierigkeiten, sie kam da gut voran, so dass sie bald ihre Prüfung ablegen konnte. Nun brauchte sie noch ein Auto, dann konnte es losgehen. Ein bekannter Autohändler konnte ihr einen Wagen nach ihrem Geschmack anbieten, denn wenn sie nach Passau an die Uni musste benötigte sie ein Fahrzeug, von Passau konnte sie dann jeden Tag heim fahren. Später will sie dann nach Erlangen, will dort an die Uni, da muss sie beweglich sein.

Seit Oma tot ist, hat sich in unserem Leben etwas geändert, ich hoffe, dass dies nur von kurzer Dauer ist. Leni und auch Irene hatten sehr an der Oma gehangen, das mussten sie erst überwinden. Wie heißt es doch so schön, die Zeit heilt alle Wunden, so wird es auch hier sein. Wieder neigte sich ein Jahr dem Ende zu, der Dezember überraschte uns mit einer dicken Schneedecke und Kälte bis 25 Grad, viele Arbeiten mussten eingestellt werden. Leider setzte kurz vor Weihnachten eine Tauwetterperiode ein, schade, erst hatten wir mit den Schneemassen und der Kälte zu kämpfen und nun mit Wasser. Überall stiegen die Flüsse und Bäche über die Ufer, wir ließen es uns nicht vermiesen, Weihnachten sollte für uns wieder ein schönes Fest werden. Die Kinder freuten sich über ihre

Geschenke und auch Leni bekam von mir ein kostbares Geschenk, doch wie es im Leben ist, auch das schöne geht vorbei. Die paar Tage bis Silvester vergingen wie im Fluge, dann war es soweit, das Wetter hatte sich wieder etwas beruhigt, so konnten wir am allgemeinen Silvestertreiben im Freien teilnehmen. Es war wieder herrlich zu sehen, wie die Feuerwerke in den Himmel schossen, für die Kinder ein einmaliges buntes Schauspiel. Mit Sekt und viel guter Laune begrüßten wir das Neue Jahr 1978. Alle hoffen, dass es ein gutes Jahr werden wird. Unser Familienleben war bestens. Die Zeit verging, bei uns war alles in Ordnung, Irene konnte auf Grund ihrer guten Leistungen ihr Studium an der Uni beginnen, sie hatte immer gute Zeugnisse nach Hause gebracht.

Hans Peter hatte sich in der Schule gut gehalten, auch er kann im kommenden Jahr auf die Mittelschule umsteigen. Leni und ich sind in den Jahren auch etwas ruhiger geworden, aber unsere Liebe zueinander war immer noch gleich groß, unsere Sehnsüchte nach körperlicher Befriedigung hatte noch nicht abgenommen. Wir schrieben jetzt das Jahr 1978, Gerald und ich trafen uns ab und zu, sein Geschäft läuft aufgrund meines Vorschlages sehr gut, auch bei mir ist alles in Ordnung, so wollen wir das Leben. Mit der Familie Hausmann hatten wir gute Kontakte, wir verbrachten viel Zeit miteinander, schon der Kinder wegen. Sie hatten ebenfalls zwei Kinder, zwei Mädels, die Kinder waren alle ziemlich gleich alt, deshalb kamen sie bestens zusammen aus. In den großen Ferien waren wir schon mehrmals gemeinsam in Urlaub, das war immer gut.

Dieses Jahr wollten wir in den großen Ferien noch mal gemeinsam nach Südtirol fahren, in einem Hotel hatten wir uns schon angemeldet, es war uns von Bekannten empfohlen worden.

Als die Ferien begannen, fuhren wir mit Sack und Pack los. Es wurde eine wunderbare Fahrt, das Wetter war gut und so konnten wir von der Gegend viel sehen. Wir hatten uns für das Ahrntal entschieden, St. Jacob war unser Ziel, hier war das Hotel. Am späten Nachmittag trafen wir im besagten Hotel ein, wir wurden freundlich empfangen, die Zimmer waren top, sauber und gepflegt. Wir richteten uns da ein, anschließend machten wir uns mit dem Haus bekannt, unsere jungen Damen interessierten sich nicht für das Haus, sie waren ausgeschwärmt um das Umfeld zu erkunden, ihnen war jetzt wichtig, ob und wo eine Diskothek zu finden ist. Hans Peter hatte andere Interessen, er wollte sportliche Aktivitäten, er suchte auf Anraten des Portiers Kontakte zu einer Bergsteiger Gruppe. Er hatte gleich Glück und fand eine solche, die ihn auch gleich aufnahm. Er war kräftig, so fand er gleich bei ihnen Anklang, er wurde von ihnen eingeladen, am nächsten Tag eine Tour mitzumachen. Beim Abendessen fanden sich alle wieder ein, es gab viel zu erzählen, viel Gelächter, es wurde eine lustige Runde, die jungen Damen hatten gefunden was sie wollten, sie schwärmten die ganze Zeit davon. Hans Peter war da mehr ruhig, er freute sich schon auf die morgige Tour. Wir Alten wollten nach dem Essen den Ort etwas kennenlernen, das Wetter war gut und so konnten wir uns mit den Sehenswürdigkeiten des Ortes bekannt machen. Viel gab es im Ort nicht zu sehen, egal, wir wollten sowieso in der Hauptsache Tagestouren unternehmen, um das Land im größeren Umkreis kennen zu lernen. Einmal konnten wir an einem Musikfest der Kastellruder Spatzen teilnehmen, das war ein Erlebnis, Tausende waren gekommen, um so wie wir diese mit zu erleben, ein Musikalischer Hochgenuss. Jeder Tag brachte uns etwas neues, einmal durchwanderten wir das Ahrntal, eine fantastische Gegend, nach oben bis zum Plateau, ziemlich gefährlich und schwierig, aber wunderschön, so etwas muss man einfach erlebt haben. An einem anderen Tag fuhren wir in die Dolomiten, um uns auch mal diese Berglandschaft wenigstens zu einem Teil anzusehen. Herrliche Felsenformationen, sie bezaubern den Betrachter immer wieder. Hier konnten wir auch mit der neu erstellten Seilbahn hinauf zum Kronplatz fahren, auch ein einmaliges Erlebnis. Auf der Höhe war nicht so viel los, es war keine Skisaison, so konnten wir in circa 2300 Metern von der Aussichtsplattform aus die ganzen drei und vier Tausender der Dolomiten bestaunen.

Beinahe hätten wir vergessen, wieder in unser Quartier zu fahren, es war einfach zu schön hier. Wir kamen mit etwas Verspätung dort an, es war nicht schlimm, eine kleine Entschuldigung und dann wurde es noch ein schöner feuchtfröhlicher Abend. Viel zu schnell gingen die schönen Tage zu Ende, wir nahmen uns vor, dass wir das im nächsten Jahr wieder machen. Urlaub im Hochgebirge ist einfach schön, anstrengend aber Erholsam. Wieder zu Hause angekommen hatte uns gleich der Alltag wieder fest im Griff. Ich musste wieder nach Erlangen, um dort nach dem Rechten zu sehen.

Leni half wieder im Gemeindehaus, sie wollte nicht allein zu Hause rumsitzen, sie waren immer froh, wenn Leni dort helfen konnte. Ich besuchte zuerst meine Wohnung, Frau Meurer freute sich sehr, dass ich wieder mal vorbei kam, sie machte gleich einen Kaffee und dann gab es viel zu erzählen. Die Wohnung war wie immer Tiptop gepflegt, eine bessere Mieterin konnte ich mir nicht vorstellen. Sie erzählte, was hier immer so vorfiel, dass einige Mieter sich auf dem Hofplatz eine gemütliche Ecke eingerichtet haben, um so im Freien öfters mal ein kleines Fest feiern zu können. Frau Meurer sagte noch, dass die Mieter fürchteten, dass ich ihnen das verbieten würde. Ich hatte nichts dagegen, sie bezahlen ihre Miete pünktlich und hielten den Hof und das Umfeld sauber, das war mir wichtiger. Ich ging bei der Gelegenheit auch beim Hausmeister Herrn Hagmann vorbei, um mit ihm mal zu bereden, was so anliegt.

Er sah mich so komisch an und sagte dann: „Sie haben es sicher schon gesehen, dass einige Mieter sich auf dem Hof einige Ecken eingerichtet haben, um Platz zu haben und im Freien feiern können. So finden hier des Öfteren kleinere Grillpartys statt, sie haben aber Angst, dass sie es verbieten werden." Ich sagte: „Herr Hagmann, ich habe nichts dagegen, solange das nicht überhandnimmt und es keinen Streit mit den Nachbarn gibt. Warum sollen die Leute nicht ein wenig Spaß haben und wie ich gesehen habe, ist der Hof sauber und was will ich mehr, sagen sie das den Leuten ruhig." Er sagte: „Da fällt mir ja ein Stein vom Herzen, wenn sie das so sehen, bei den Vorbesitzern wäre das nie möglich gewesen." Ich sagte: „Herr Hagmann, meine

Devise ist, Leben und Leben lassen, dann kommen wir gut zusammen aus." Ich sah mir noch mal meine Häuser aus der Nähe an, sie sahen gut aus, eine richtige Augenweide. Ich begutachtete noch die Tiefgaragen, Herr Hagmann begleitete mich, alle waren vermietet und überall war es sauber, so gefiel mir das, ich sagte ihm das, er fühlte sich so richtig geschmeichelt. Ich verabschiedete mich, wünschte ihm noch viel Glück und ging wieder in meine Wohnung. Als ich eintrat hörte ich mehrere Frauen lachen, ich begrüßte die Damen freundlich. Frau Meurer stellte mich den Damen vor und bald war ich mit ihnen in ein unterhaltsames Gespräch verwickelt. Ich spendierte der Runde zwei Flaschen Sekt und es war eine gute Stimmung im Raum. Spät verabschiedeten sich die Damen um nach Hause zu gehen, es waren zwei meiner Mieterinnen dabei. Ich wollte heute Nacht wieder hier schlafen und morgen noch einige Bankgeschäfte regeln. Frau Meurer wollte sich noch entschuldigen, dass sie die Frauen eingeladen hatte. Ich sagte: „Frau Meurer, sie sind so eine gute und patente Frau, sie können doch ihre Freundinnen einladen, noch dazu wenn es meine Mieter sind, mir ist ein gutes Verhältnis mit ihnen und Ihnen wichtig." Ich wünschte ihr eine gute Nacht und ging schlafen.

Am anderen Morgen, Frau Meurer hatte schon den Tisch gedeckt, so konnten wir miteinander Frühstücken. Danach machte ich mich auf den Weg, ich hatte mir viel vorgenommen. Die Geschäfte liefen gut und ich war schneller fertig als ich gedacht habe. Ich ging noch in ein mir bekanntes Lokal, um dort mein Mittagessen einzunehmen. Zufällig war auch mein Anwalt Herr Reichel anwesend, er bat mich gleich zu sich an den Tisch, so konnten wir auch noch etwas miteinander besprechen. Nach dem Mittagessen fuhr ich noch über Pegnitz, um meinen Freund Gerald zu besuchen. Die Wiedersehensfreude war groß. Bei einem guten Wein gab es viel zu erzählen. Anbei führte er mir seinen Werkstattwagen vor, der Fahrer erklärte mir einige Funktionen und sagte: „Das war damals eine gute Idee, so einen Wagen anzuschaffen." Gerald sagte zu ihm: „Die Idee hatte Kurt, ich bin damals einfach noch etwas zurück gewesen. Heute ist der Wagen täglich im Einsatz, wenn es so weiter geht, benötige ich bald einen zweiten." Wir gingen wieder auf seine Terrasse um den Nachmittag noch etwas gemütlich zu genießen. Unser Thema war Geschäft und Frauen, schade, dass er noch keine passende für sich gefunden hat, er war ein patenter Mann, vielleicht sollte er mal sein Umfeld wechseln. Ich machte ihm den Vorschlag, mal mit nach Rathmannsdorf zu kommen und dort ein paar Tage oder Wochen Urlaub machen, vielleicht hätte er dort mehr Chancen. Hier in Pegnitz ist das Angebot zu gering. Er wollte es sich mal überlegen.

Es wurde Abend, ich verabschiedete mich und machte mich auf den Heimweg. Die Fahrt verlief flott, so dass ich bald zu Hause war. Hier wurde ich wie immer freudig empfangen. Trotzdem war eine etwas gedrückte Stimmung spürbar, Bessi war krank, der Tierarzt meinte, man sollte sie einschläfern, um ihr unnötige Schmerzen zu ersparen, so ließen wir es geschehen. Alle waren traurig, hatte er uns doch auch Freude gemacht, irgendwie wird er uns fehlen. Irene musste noch zu dem Damenchor gehen, sie hatte sich mal da angemeldet, ob es ihr gefällt wird sich zeigen. Hans Peter hatte seinen Führerschein gemacht, natürlich die Prüfung gut bestanden, das sollte ihm sehr von Nutzen sein. Er war schon länger bei den Sportlern, er hatte vor, sich bei der Bergrettung zu bewerben, doch jetzt musste erst mal ein Auto her. Ein mir bekannter Autohändler hatte eines welches ihm gefiel, wir wurden uns schnell einig, dann konnte es losgehen. Zuerst meldete er sich bei der Bergrettung an, dass er dazu das Geschick hat, hatte er schon bewiesen, er hatte diesbezüglich Glück, sie hatten Bedarf und er war gerade 18 Jahre alt, das war Voraussetzung, dazu noch den Führerschein und ein eigenes Auto, das war natürlich gut. Mir war es wichtig, dass beide etwas gefunden hatten, um in den örtlichen Vereinen sich engagieren zu können und was ihren persönlichen Interessen entspricht. Schade, dass beide keine Musikinstrumente spielen können, das Interesse dazu hatte einfach gefehlt. So eine Hausmusik wäre manchmal ganz schön gewesen.

Die Zeit lief weiter, unsere Beiden waren weiterhin zielstrebig in ihrem Studium und in ihren Vereinen, überall waren sie sehr stark engagiert und bei den anderen Freunden und Kollegen sehr beliebt. Hans Peter hatte in dieser Gruppe genau das gefunden was er wollte. Irene war nicht so begeistert bei dem Damenchor, zu viel Kirche mit allem was dazu gehört. Sie wollte mehr etwas Schwungvolles bzw. Lebensfrohes, doch momentan fiel das sowieso flach, ihr Studium nahm sie ganz schön in Anspruch. Sie war nun schon fast zwei

Jahre in Passau und hatte bereits 4 Semester hinter sich gebracht, aber jeden Tag nach Hause fahren war ihr zu viel und sie konnte in Passau auch nicht weiter kommen. Sie wollte deshalb auf einer höheren Uni weiterstudieren, zu diesem Zweck sollte sie nach Erlangen, um ihr Studium dort weiter zu betreiben und auch fertig zu machen. Wir einigten uns, dass sie in Erlangen in meiner Wohnung lebt für die Dauer ihres Studiums. Ich hatte Frau Meurer diesbezüglich schon mal angesprochen, sie würde das begrüßen. Irenes fünftes Semester begann im Frühjahr 1983, sie hatte sich schnell in Erlangen eingelebt, jedes zweite Wochenende kam sie nach Hause. Leni war am Anfang schon etwas traurig, dass Irene so weit weg war, aber sie sah schon ein, dass es notwendig war.

Hans Peter kam auf dem Gymnasium gut voran, noch zwei Jahre, dann konnte er sein Abitur machen, wie es dann weitergeht, steht noch in den Sternen, er hatte sich noch nicht festgelegt. Eines Tages ließ uns Irene wissen, dass sie einen jungen Mann kennengelernt hat, sie wollte ihn mal mitbringen, damit wir ihn auch kennenlernen. Sie studierten zusammen, auch er wollte Arzt werden, sein Vater war in Erlangen ein bekannter Arzt mit eigener Praxis. Was sollten wir sagen, gut wenn sie einen netten Partner hat. Irgendwie freuten wir uns, den jungen Mann mal empfangen zu können. Der besagte Tag kam, an dem Irene den jungen Mann mitbringen wollte, wir waren schon etwas gespannt, wer da kommt. Dann kamen sie, es gab eine freundliche Begrüßung, er war ein sehr sympathischer junger Mann, es ergab sich schnell ein anregendes Gespräch, da ich

seinen Vater Andreas Wertmann kannte. Sein Name war
Holger Wertmann, ihm gefiel es sehr gut bei uns, zur
Zeit war unser Sohn nicht da, er war im Lager der
Bergrettung. Es war gerade auch Mittagszeit, also lud
Leni die beiden zum Mittagessen ein, was sie freudig
annahmen. Er hatte tadellose Manieren, man sah dass
er aus einem guten Haus kam. Das Essen war natürlich
einsame Spitze, es schmeckte allen vorzüglich. Nach
dem Essen wollten Irene und Holger sich
Rathmannsdorf ansehen, aber so viel gab es hier
eigentlich nicht zu sehen, aber so ein Spaziergang zu
zweit kann ganz schön sein, noch dazu, wenn die erste
Liebe mitspielt. Leni und ich schauten den beiden nach
und stellten fest, sie würden gut zusammen passen, wir
durften da nicht weiter denken, die jungen Leute sollen
sich selber finden. Uns würde so eine Verbindung schon
gefallen.

Später kamen sie wieder, auch unser Herr Sohn traf ein,
so konnten sie sich gleich bekannt machen, sie
unterhielten sich gleich angeregt, da war alles in Butter,
sie waren sich auf Anhieb sympathisch, bei den jungen
Leuten geht das meistens schnell. Wir konnten alle noch
das Abendessen miteinander einnehmen. Spät am
Abend fuhren sie dann wieder ab, es war ein herzlicher
Abschied, Leni war etwas still geworden, ich streichelte
sie und nahm sie in den Arm. Sie verstand es, sie
lächelte etwas gequält, so als hätte sie gerade ihre
Tochter verloren. So ist das nun mal, wenn aus Kindern
Leute werden. Die Tage und Wochen gingen dahin, es
kam der dritte April, ich hatte mir einen schönen
Rosenstrauß besorgt, damit überraschte ich Leni. Sie

sah mich mit großen Augen an und fragte: „Ist heute etwas Besonderes?" Ich sagte: „Liebe Leni, meinen herzlichsten Glückwunsch zu unserem zwanzigsten Jahrestag." Sie sah mich an und sagte: „Schön dass du daran gedacht hast, ich habe ihn vergessen." Ich nahm sie in den Arm und sagte: „Ich hoffe, dass wir die nächsten 20 Jahre genauso glücklich verbringen wie bisher." Es wurde noch ein sehr schöner Tag. Die Zeit lief weiter, es war jetzt Anfang Sommer 1985, bei uns änderte sich nichts, das Leben verlief ruhig, für uns ein Glück. Ich musste mal wieder nach Erlangen und sagte zu Leni: „Komm doch einfach mit, Hans Peter kommt schon alleine zurecht." So fuhren wir dann am nächsten Tag nach Erlangen und gingen zuerst in meine Wohnung, Frau Meurer empfing uns freudig, die zwei Frauen unterhielten sich bei einem Kaffee, während ich meine Arbeit machen musste. Es gab schon einigen Schriftverkehr zu erledigen, war ich doch schon länger nicht mehr hier gewesen. Die Wohnung war wie gewohnt in bester Ordnung, ich ging noch zu den zwei Frauen und sagte zu Leni, dass ich noch ins Nachbarhaus gehe, um dort nach dem Rechten zu sehen.

Zuerst sah ich mir das ganze Umfeld an, von der Baustelle war nichts mehr zu sehen, die Ecken der Mieter waren alle ordentlich aufgeräumt und sauber, so gefiel mir das. Ich ging zu Herrn Hagmann, um mit ihm zu reden, was es so neues gibt. Er wusste mir nichts Negatives zu sagen, so konnte ich zufrieden sein. Ich ging wieder zu den Damen, es waren jetzt vier, eine rege Unterhaltung war da im Gange, ich begrüßte die Damen, die anderen zwei waren Mieterinnen, sie sagten mir, dass sie erfreut sind, dass ich nichts gegen ihre Unterhaltungsecken habe, für sie sei dies sehr vorteilhaft, kommen sich doch die Mieter dadurch näher. Inzwischen kam Irene in die Wohnung, das war ein Wiedersehen, Leni freute sich am meisten, endlich wieder mal ihre Tochter in den Arm nehmen zu können. Es gab so viel zu erzählen, die zwei anderen Damen verabschiedeten sich, so waren wir wieder unter uns. Ich lud die übriggebliebenen Damen ein, in einem guten Lokal zu Abend zu speisen, Frau Meurer wollte zuerst nicht mit, doch dann ließ sie sich umstimmen. Es wurde ein sehr schöner Abend, spät gingen wir nach Hause, Leni und ich wollten heute Nacht hier bleiben, dann können wir morgen noch einen Besuch in Pegnitz bei Gerald machen und dann wieder nach Rathmannsdorf fahren.

Gerald freute sich sehr über unser Kommen, er hatte eine erfreuliche Nachricht für uns, er glaubt die Dame seines Herzens gefunden zu haben. Er sagte: „Sie kommt erst heute Nachmittag, denn sie ist Berufstätig, dann möchte ich sie euch vorstellen. Sie ist in einem Betrieb tätig, welcher Elektrogeräte herstellt und sie hat diese Woche Frühschicht." Natürlich waren wir gespannt auf die Dame, er sagte mir auch, dass er einen zweiten Werkstattwagen hat, sie sind gut und viel im Einsatz, seine Firma ist seither noch mehr gewachsen. Vor lauter erzählen hätten wir fast vergessen, dass wir in den Gasthof wollten zum Mittagessen. Also gingen wir los, die Wirtin begrüßte uns erfreut, natürlich gab es etwas Gutes, einen spitze Wein dazu, so konnte man das Leben genießen. Dann wurde es Zeit, dass wir wieder gingen, denn die ersehnte Dame musste bald kommen. Wir saßen gerade auf der Terrasse bei einem Glas Wein, da kam sie, sie stutzte erst etwas als sie uns sah, doch dann kam sie zu uns, Gerald stellte erst uns und dann sie vor. Sie hieß Gerlinde Maurer, sie war eine sehr sympathische Dame, auch in unserem Alter und sie würde gut zu Gerald passen. Sie setzte sich zu uns und bald war eine gute und lebhafte Unterhaltung im Gange. Gerald hatte ihr schon länger von uns erzählt, so war der Abstand nicht so groß, zudem sich die beiden Frauen von Anfang an gut verstanden. Es wurde sehr spät, Gerald ließ uns nicht mehr fahren, wir sollten in seinem Gästezimmer schlafen, so machten wir es auch. Gerlinde musste schon früh um vier Uhr das Haus verlassen, deshalb waren wir beim Frühstück wieder zu dritt. Gerald fragte: „Was hältst du von Gerlinde?" Ich sagte: „Sie hat auf uns einen guten Eindruck gemacht und ihr zwei passt unserer Meinung nach gut zusammen." Er lachte dazu und sagte: „Wenn aus uns was wird, dann muss sie ihre Arbeit aufgeben, sie kann ja dann in meinem Betrieb mitarbeiten." Leni kam wieder an den Frühstückstisch und ich fragte sie, ob wir bis Mittag warten wollen oder gleich heimfahren. Sie sagte: „Von mir aus können wir ruhig bleiben, dann könnten wir uns von Gerlinde verabschieden." So blieben wir, bei einem guten Tropfen verging die Zeit wie im Fluge.

Diesmal wollten wir auf Gerlinde warten, um dann gemeinsam in den Gasthof zu gehen um dort wieder das Mittagsmahl einzunehmen, anschließend wollten wir dann nach Hause fahren. Wir waren eine gute Runde, das Essen war wieder exzellent, dazu den passenden

Wein, es war wieder ein gelungenes Essen. Am späten Nachmittag verabschiedeten wir uns, wir wünschten ihnen alles Gute, in der Hoffnung, dass es mit den beiden klappt. Zügig ging es nach Rathmannsdorf, noch vor dem Abendessen waren wir zu Hause. Hans Peter war wie immer abwesend. Wir aßen somit allein und genossen noch die schönen Abendstunden. Hans Peter kam später nach Hause, im Heim der Bergrettung war Alarmstimmung, eine Gruppe von Bergwanderern war nicht zur ausgemachten Zeit erschienen und hatten sich auch nicht gemeldet, also hieß es warten. Alles war schon bereit, um eine Suchstaffel los zu schicken, just zu dem Zeitpunkt sind sie dann gekommen, sie hatten sich im Wald verlaufen, so kann es gehen. Leni und ich gingen schlafen, wir erlebten noch einen schönen Abendabschluss, unsere Gefühle zueinander waren immer noch von Aktivität geprägt, Leni war für mich immer noch begehrenswert und schön.

Die Zeit verlief, Hans Peter hatte sein Abitur gemacht, Irene hatte noch zwei Semester, dann konnte sie ihren Doktor machen, wir drücken ihr natürlich dazu die Daumen. Ich fragte Hans Peter: „Wie stellst du dir eigentlich deine Zukunft vor?" Er sagte: „Ich habe mich noch nicht entschieden, wahrscheinlich werde ich studieren um Förster oder ähnliches zu werden. Wichtig wird mir die Bergwacht bleiben, vielleicht kann ich da mal etwas werden, bis dahin werden aber noch ein paar Jahre vergehen." Er ist schon ehrgeizig, was das anbelangt, ob das natürlich das richtige ist, bleibt abzuwarten, mir selber wäre ein Bankkaufmann lieber gewesen, aber mit dem Geld hat er es nicht so. Er benötigte auch für sich nicht viel, er hatte kein so ein ausschweifendes Leben wie einige, sein Lebensinhalt war seine Bergwacht. Wir fragten uns da auch, wann will er da vielleicht mal eine Frau kennen lernen? Es hatte dort auch einige junge Damen als Mitglieder, aber ob da eventuell die richtige dabei ist? Wer weiß das schon. Irene dagegen war mit ihrem Holger sehr glücklich. Die Zeit war vergangen, Irene musste ihren Doktor machen, sie musste sich schon länger Immatrikulieren, damit sie zu den Prüfungen zugelassen wird. Tagelang schriftliche Eingaben machen, dazu mündliche Befragungen und Erklärungen abgeben, das belastet kolossal. Doch bald war die Zitterpartie vorbei, von der Prüfungskommission erhielt sie dann das Ergebnis mitgeteilt, dass sie bestanden hat. Die Damen und Herren gratulierten ihr zum Doktortitel, sie durfte sich nun Frau Doktor Irene Wöllner- Sander, Doktor der Medizin, nennen.

Glücklich hielt sie ihre Ernennungsurkunde in der Hand, die Anspannung war weg, sie konnte sich wieder frei fühlen. Wir gratulierten natürlich auch zu ihrer Ernennung, zu dem anschließenden Fest waren auch wir eingeladen, wir lernten hier viele Leute kennen, trafen aber auch einige gute Bekannte. Das Fest begann mit einer Festrede seitens der Universität, der leitende Professor hielt die Ansprache, er betonte, dass die Studenten ihre Studienzeit sehr gut genutzt hätten, um sie dann mit einem guten Ergebnis abzuschließen. Er gratulierte allen zu ihrem Abschluss und wünschte ihnen alles Gute für ihr ferneres Leben. Holger Wertmann hatte ebenfalls seinen Doktor gemacht, er war jetzt Doktor für innere Medizin, seine Ernennung erfolgte in einem anderen Prüfungskreis, deshalb war er bei der Doktorverleihung und der Abschlussfeier von Irene nicht dabei. Von uns Herzlichen Glückwunsch, jetzt kommt für beide die Zeit der Entwicklung und der Bewährung, sie konnten ihre Laufbahn im Erlanger Krankenhaus beginnen, ein großes Plus für beide. Ich sprach mit Leni über die beiden jungen Leute und sagte ihr, wenn die beiden zusammen bleiben, dann wird es Zeit, dass wir mal seine Eltern einladen, um sie mal näher kennen zu lernen. Da erhebt sich die Frage, wo? Hierher nach Rathmannsdorf oder nach Erlangen, in unsere Wohnung oder in ein gutes Lokal? Bei den Feierlichkeiten der Doktorverleihung konnten wir sie nicht treffen, weil dieselben getrennt abgehalten worden sind. Wir entschieden uns auf unser bekanntes Lokal, es hat einen ausgezeichneten Ruf und war sehr empfehlenswert. Ich ließ eine Einladung drucken und gab sie Irene mit, damit sie der Familie Wertmann dieselbe überreichen konnte.

Wir waren am besagten Termin etwas früher da, so konnten wir noch den Ablauf mit der Wirtin besprechen, es sollte nichts schiefgehen. Dann war es soweit. Die Herrschaften kamen, wir konnten sie Begrüßen und uns erst mal miteinander bekannt machen. Ich kannte Herr Doktor Wertmann schon von früher, wir hatten mal infolge eines Unfallgeschehens miteinander zu tun, er erinnerte sich daran und so hatten wir gleich einen Gesprächsanfang. Die beiden Herrschaften waren sehr zugänglich, die Hauptthemen waren natürlich die beiden jungen Ärzte. Sie waren sehr von Irene sehr eingenommen, sie würden es gern sehen, wenn die beiden später richtig zusammen kommen. Jetzt hieß es erst mal für beide sich zu bewähren. Irene wollte im Krankenhaus beim Operieren dabei sein und dort ihr Wissen erweitern. Ihr schwebte vor, Unfallchirurgin zu werden. Holger dagegen wollte in den Bereich innere Medizin einsteigen. Der Abend mit der Familie Wertmann gestaltete sich als sehr unterhaltsam, wir verstanden uns von Beginn an sehr gut. Im Laufe des Abends boten uns die Wertmanns das Du an, so dass der Verlauf noch um einiges freier ausfiel, als immer mit den vornehmen Floskeln. Es wurde sehr spät, mit einer Gegeneinladung der Familie Wertmann verabschiedeten wir uns freundschaftlich. Wir blieben den Rest der Nacht noch in unserer Wohnung, wir wollten erst am anderen Tag nach Hause, nach Rathmannsdorf fahren.

Für uns lief das Leben wie bisher weiter, es war ein klein wenig einsam um uns geworden, Irene war in Erlangen und Hans Peter musste zu seinem Studium nach München, er wollte dort seinen Forstwirt machen. Er benötigte dort eine Wohnung, zum Glück konnte er in einem Studentenwohnheim in einer Wohngemeinschaft ein Zimmer finden, es waren da   lauter Gleichgesinnte zusammen, das erleichterte die Sache des gemeinsamen Lebens. Der Studienplatz an der Uni war nicht weit weg, so dass er sein Auto nicht benötigte, er konnte es in der Nähe günstig abstellen. Sein Studium ließ ihm wenig Zeit, so kam er oft nur alle paar Wochen nach Hause. Natürlich freuten wir uns, wenn immer wieder einer von unseren Kindern nach Hause kam. Irene war in ihrem Krankenhaus voll beschäftigt, hatte somit wenig Zeit mal nach Hause zu kommen, beide waren in ihrem Fach sehr strebsam, sie wollten immer bei den Besten sein. So verging die Zeit, Irene war jetzt in ihrem gewählten Fach tätig, sie hatte sich bereits infolge ihres bisherigen Könnens ein hohes Ansehen erworben. Ihre neue Aufgabe umfasste auch, bei Unfällen immer gleich mit eingesetzt zu werden, das entsprach genau dem, was sie schon immer wollte. Sie und Holger sahen sich infolge ihres Berufes immer seltener, ob das der Liebe schadet, wir hoffen es nicht. Ich sprach sie deshalb mal an, sie lachte und meinte, wir sind uns schon einig, da braucht ihr keine Sorgen zu haben. An einem Abend sagte ich zu Leni: „Wir zwei waren bisher immer nur für andere da, jetzt sollten wir doch auch mal an uns denken, ich möchte dir vorschlagen, dass wir zwei in Urlaub fahren, irgend wohin fahren und uns ein paar schöne Wochen machen. Was meinst du dazu?" Leni sah mich an und sagte: „Wenn du das möchtest, ich fahr mit, egal wohin. Nach dem Motto, wo du hinfährst, da will auch ich hin." Also schmiedeten wir einen Urlaubsplan. Es gab für uns zwei Möglichkeiten, entweder ans Meer oder in die Berge. Leni war mehr fürs Meer, also geht es an die Ostsee.

Mir war das recht, ich wusste da einen Bekannten, der ist vor Jahren nach Cappeln in Schleswig – Holstein gezogen, der könnte uns vielleicht ein gutes Hotel empfehlen oder uns gleich anmelden. Ich nahm mit ihm Kontakt auf, er war riesig erfreut, dass ich mich wieder mal bei ihm meldete, klar wusste er gleich ein gutes Haus in seiner Nähe. Wir machten gleich einen Termin aus und dann gab es kein Zurück mehr. Bald war es soweit, unseren beiden hatten wir Bescheid gesagt, dann konnte es los gehen. Unsere erste Etappe ging bis Göttingen, da wollten wir übernachten. Ich kannte Göttingen von früher noch, so war es für mich nicht schwer, ein Hotel und somit ein Zimmer zu finden. Wir waren relativ bald in Göttingen, so konnten wir uns noch die Stadt ansehen, Göttingen hatte einiges zu bieten, was auch zu Göttingen gehört sind die Universitäten und das Max Plank Institut. Spät gingen wir in unser Hotel um noch etwas zu Essen und zu Trinken, dann legten wir uns schlafen. Am anderen Morgen konnten wir gemütlich Frühstücken und dann fuhren wir wieder weiter Richtung Norden. Wir wollten, wenn möglich, uns noch einen Teil von Hamburg ansehen, viel Zeit verblieb uns nicht, denn bis Cappeln war es noch ein gutes Stück, so beschränkten wir uns auf den Hafen. Sagenhafte Anblicke der Anlagen und vor allem der riesigen Schiffe, welche im Hafen lagen. Wir konnten uns kaum davon trennen, aber wir mussten weiter, wir wollten nicht zu spät nach Cappeln kommen. Einen kurzen Aufenthalt gab es noch bei der Überquerung des Nord- Ostseekanals, ein aufregendes und bestaunenswertes Bauwerk, wir waren auf der Autofähre und die riesigen Frachter neben uns, das war ein toller Anblick. Am späten Nachmittag trafen wir in Cappeln ein, wir suchten zuerst meinen Bekannten Günter Walter.

Wir standen vor seinem Haus, ein größeres, etwas älteres Gebäude, ich klingelte, er kam heraus, das war eine Freude, hatten wir uns doch schon eine Ewigkeit nicht mehr gesehen. Er bat uns ins Haus, da konnten wir uns in Ruhe begrüßen, ich hatte unterwegs Leni schon von ihm erzählt, so war er ihr nicht ganz fremd. Er stellte uns seine Lebensgefährtin vor, eine etwas leicht üppige aber sehr nette Person, Liesbeth Maler war ihr Name. Sie hatte schon eine kalte Platte und Getränke vorbereitet, so ließen wir es uns auf seiner Terrasse gut schmecken. Natürlich mussten wir von uns erzählen, von unseren Kindern und was wir bzw. ich so mache. Es waren ein paar nette Stunden bei ihnen, dann sollten wir mal unser Hotel aufsuchen, wir versprachen beim Abschied bald wieder zu kommen. Im Hotel wurden wir freundlich empfangen, zuerst zeigte man uns unser Zimmer, so dass wir uns da einrichten konnten, dann besahen wir uns das Haus, damit wir wussten wo alles ist, was wir wissen müssen. Das Haus, ein ansprechendes Gebäude, war sehr seriös und sauber, das gefiel uns. Leni wollte das Zimmer vollends einrichten, sie schickte mich raus und meinte, geh ruhig etwas trinken, ich mache das schon hier. Ich gab ihr noch einen Kuss, dann ging ich in die Gaststätte um dort ein gutes kühles Bier zu trinken, das war jetzt gerade richtig. Ich machte da noch die Bekanntschaft mit einem älteren Herren, er sagte, dass er allein hier ist, um sich etwas zu erholen. Seine Frau sei 1983, also vor zwei Jahren, gestorben, so sei er allein, Kinder hatte er keine, ich glaube er war richtig froh, dass er mal mit jemanden reden konnte. Er fragte mich noch, ob wir uns nochmal hier treffen können, hier sei es schwer Bekanntschaften zu schließen. Ich versprach ihm, mich wieder mal mit ihm zu treffen. Er hatte sein Bier ausgetrunken und ging auf sein Zimmer, wie er sagte. Ich glaube, dass er krank ist, sein Gang war behäbig und langsam, vielleicht dachte er, das ich ihm eventuell mal etwas helfen könnte, wie und wann wusste ich nicht, es war nur so eine Ahnung. Ich ging zu Leni in unser Zimmer und erzählte ihr von meiner Bekanntschaft, sie sagte: „Warte erste mal ab was sich da so ergibt, wenn wirklich Not am Mann ist, kann man ihm schon helfen." Bald ging es zum Abendessen, der Speisesaal und die angebotenen Speisen waren exzellent, einfach Klasse, hier können wir es aushalten. Nach dem Essen wollten wir uns noch etwas von Kappeln ansehen, eine kleinere Stadt, sie liegt direkt an der Mündung der Schlei, ein Seeförmiger Flussarm der die Ostsee mit dem See Schlei verbindet. Der Abend war schnell vergangen, so dass wir uns zur Ruhe begaben. Am anderen Tag wollten wir erst mal eine Landpartie mit dem Auto machen, um das Land hier etwas kennenzulernen.

Am anderen Morgen nach einem köstlichen Frühstück fuhren wir los, es ging auf der Bundesstraße in Richtung Norden, wir wollten zuerst bis nach Flensburg, dort die Stadt ansehen und dann eventuell nach Dänemark. Wir hatten im Hotel schon gesagt, dass wir eventuell an diesem Tag nicht zurückkommen. Unsere Stadtbesichtigung hatte länger gedauert als geplant, so wollten wir uns ein Zimmer suchen, aber leichter gesagt als getan, alle Hotels und Pensionen waren ausgebucht. Ein Portier sagte uns, wenn wir weiter nach Norden fahren, dicht vor der Grenze nach Dänemark wüsste er eine Pension in Niehuus. Er rief bei den Leuten an, wir konnten kommen, sie hatten noch Zimmer frei. Der Portier beschrieb uns den Weg genau, ich gab ihm ein gutes Trinkgeld, so waren alle zufrieden. Bald waren wir in Niehuus, es war ein kleiner Ort. Wir fanden die Pension gleich, es war natürlich kein fünf Sterne Hotel, aber einfach und sauber, uns gefiel es. Zum Abendessen gab es deftige Hausmannskost mit Fisch und Fleisch, sehr lecker. Anschließend machten wir im Ort noch einen Spaziergang, es gab nicht viel zu sehen, aber uns gefiel es hier trotzdem. Wir verbrachten hier ein paar ruhige und schöne Tage, wir konnten uns endlich wieder nur um uns kümmern. Aber es waren nicht nur die Tage schön, sondern auch die Nächte, Leni hatte von ihrem Temperament noch nichts eingebüßt, es war schön unsere Körper zu genießen und unsere Sehnsucht zu stillen.

Der nächste Tag begann mit einem guten Frühstück und dann wollten wir eine kleine Schiffsreise machen, wir mussten dafür zurück nach Flensburg, es waren nur ein paar Kilometer. Dort bestiegen wir ein Schiff, welches uns nach Cappeln brachte, dort gingen wir in unser Hotel zum Übernachten, um dann am anderen Tag wieder nach Flensburg zurück zu fahren, es waren angenehme Fahrten, man sah und erlebte viel. Wieder zurück, verbrachten wir noch einen schönen Abend in der Pension, am anderen Tag wollten wir dann wieder quer durch das Land nach Kappeln fahren. Das Wetter war herrlich, die Fahrt durch das Land war sehr schön, ab und zu hielten wir an, es gab so viel zum ansehen. Mancher kleine Ort hatte oft eine Kirche oder ein Schloss, das wir unbedingt betrachten wollten, es waren richtige kleine Schätze. Wir nahmen uns viel Zeit, um möglichst viele anzusehen. Am späten Nachmittag kamen wir in Cappeln an, natürlich wurden wir wieder freundlich begrüßt, es blieb noch etwas Zeit bis zum Abendessen. Leni wollte sich vorher noch etwas frisch machen, ich wollte mir noch ein Bier genehmigen, da sah ich den älteren Herren allein an einem Tisch sitzen. Ich ging zu ihm und fragte: „Darf ich mich zu ihnen setzen?" Er sah auf, erkannte mich und ein leichtes Lächeln glitt über sein Gesicht, er sagte: „Bitte setzen sie sich doch, es freut mich sie zu sehen." Er fragte, sie waren lange fort, ich sagte ihm, wo wir waren, wir kamen schnell ins Gespräch, es tat ihm richtig gut, wieder mit jemanden zu reden. Nach einer Weile kam Leni, ein netter Anblick, er ließ kein Auge von ihr und sagte: „Sie haben eine wunderschöne Frau, behüten sie sie gut." Er erhob sich, um auf sein Zimmer zu gehen, wir gingen in den Speisesaal, die Bedienung kam um unsere Bestellung aufzunehmen. Ich fragte sie: „Warum geht Herr Weber zum Essen auf sein Zimmer?" Sie sagte: „Soweit ich weiß hat der Herr Kehlkopfkrebs, also kann er nicht normal essen." Ich bedankte mich für die Auskunft, das war schon ein Schock, er tat mir richtig leid. Ich nahm mir vor, mich etwas um ihn zu kümmern, solange wir da sind. Nach dem Essen hatten wir noch etwas Zeit, so konnten wir vor dem schlafen gehen noch einen kleinen Spaziergang machen, es tat richtig gut, die frische Abend Seeluft zu genießen.

Ich konnte nicht umhin, ich musste Leni einfach in den Arm nehmen, da fiel mir ein, was der alte Mann zu mir gesagt hatte, behüten sie sie gut. Dieser Satz ging mir den ganzen Abend im Kopf herum. Leni strahlte mich an, sie ist wirklich hübsch, ich hatte mit ihr schon ein großes Glück gefunden. Am liebsten hätte ich sie geküsst, aber hier war es nicht so angebracht, ich hob mir das für den Abend auf. Wieder im Zimmer gönnten wir uns noch ein

Gläschen Wein, dabei kamen wir uns sehr nah, die Stimmung stieg, es wurde Zeit ins Bett zu gehen. Dicht zusammengekuschelt überfiel uns wieder die Begierde der Lust, es wurde eine wunderschöne Nacht. Leni war immer noch verführerisch und verlangend, es war herrlich, mit ihr immer wieder die höchsten körperlichen Wonnen des Glücks zu erleben. Am anderen Morgen hatte sich das Wetter geändert, es regnete, unser Vorhaben, einen Besuch in Schleswig zu machen fiel flach. Wir wollten mit dem Ausflugsboot über den Arm Schlei bis hin zum See Schlei bei Schleswig fahren, aber bei dem Wetter lieber nicht, also blieben wir im Hause. Es gab für den Fall Abwechslung genügend. Zuerst nahmen wir an einem Gymnastikangebot teil, anschließend ging es ins Bad, ein schönes Hallenbad. Hier etwas schwimmen und danach eine Ruhepause, dann war es schon wieder Zeit zum Mittagessen. Leni wollte sich am Nachmittag etwas hinlegen, ich wollte versuchen den Herrn Weber zu treffen. Er hatte scheinbar denselben Gedanken, so trafen wir uns in der Halle, er war sehr erfreut über mein kommen. Bei einem guten Glas Wein konnten wir uns gut unterhalten, als er hörte, wo wir herkamen, taute er richtig auf. Er erzählte, dass er jetzt in Marching bei Neustadt an der Donau wohnt, er habe da ein Haus. Ich fragte ihn, wie er denn hierher nach Cappeln kommt, da sagte er, dass seine Frau hier geboren ist und dass sie immer hier Urlaub machten. Sie traf sich hier mit einer Jugendfreundin, welche aber auch schon verstorben ist. Ich bin halt wieder hierher gefahren, man kennt mich hier, das erleichtert oft einiges, zudem er am Kehlkopfkrebs operiert worden ist. Jetzt sei es gut, er hofft das es so

bleibt, ich würde es ihm wünschen. Er sagte mir noch
bevor wir uns trennten, dass ich ihn doch mal in
Marching besuchen könnte, er gab mir seine Adresse,
ich versprach ihm, das ich das mal machen werde. Am
anderen Tag hatte sich das Wetter wieder beruhigt, so
dass wir unsere Fahrt doch noch machen konnten. Das
Boot benötigt für die Strecke ca. drei Stunden, um neun
Uhr legte es in Cappeln ab, es war eine sehenswerte
Landschaft entlang der Schlei. An einer Engstelle ging
es etwas langsamer, dabei konnten wir im vorbeifahren,
den anliegenden großen Campingplatz bewundern.
Dann ging es flott über den See weiter bis zur
Anlegestelle in Schleswig. Wir kamen gerade recht, um
am Hafen das Mittagessen einnehmen zu können. Es
gab hier herrliche Fischgerichte, die ließen wir uns gut
schmecken. Nach dem Essen besuchten wir den Dom,
ein mächtiges altes Gotteshaus. Drinnen gab es viel
Interessantes zu sehen, besonders die Orgel, ein
wertvolles Stück, hatte es mir angetan. Der anwesende
Organist freute sich, dass ich so viel Interesse für diese
zeigte. Er erklärte mir den Aufbau und auch in ein paar
Sätzen die Handhabung, um sie spielen zu können.

Anschließend machten wir noch eine Stadtrundfahrt,
dieselbe dauerte circa zwei Stunden. Eine junge Dame
führte uns und erklärte die Sehenswürdigkeiten in der
Stadt, sie machte das mit viel Elan, man spürte, dass sie
ihre Heimatstadt liebte, beim Abschied bedankten wir
uns mit einer Spende bei ihr. Um 17 Uhr mussten wir
wieder am Bootssteg sein, dann ging es wieder zurück
nach Cappeln. Dort trafen wir gegen 22 Uhr ein. Im Hotel
wussten sie Bescheid, da gab es keine Probleme.

Diesen Abend gingen wir bald zu Bett, der Tag war lang und die Seeluft hatte uns müde gemacht. Im Bett, Leni war schon eingeschlafen, lies ich die Tage noch mal an mir vorüber ziehen. Fazit, der Urlaub hat sich gelohnt, wir haben viel gesehen und erlebt, wir zwei sind uns dadurch noch näher gekommen. Es war schön, mal mit ihr alleine zu sein und unsere Zweisamkeit voll zu genießen. Am nächsten Tag traf ich wieder mit Herrn Weber zusammen, wir tranken ein Bier und unterhielten uns darüber, wie es weiter geht. Er sagte mir, dass er in zwei Wochen wieder nach Marching fahren muss, er müsste dort wieder zur nötigen Nachuntersuchung. Wir blieben noch zwei Tage, dann wollten wir wieder nach Hause fahren, mal sehen, was uns da erwartet. Zuvor wollten wir uns natürlich noch von Günter Walter und seiner charmanten Liesbeth verabschieden, also verbrachten wir noch einen Nachmittag bei ihnen. Es war ein netter Nachmittag, zum Abschied sagte er noch, dass er und seine Liesbeth uns irgendwann besuchen würden. Natürlich sind sie herzlich willkommen. Wir verabschiedeten uns mit den besten Wünschen für Sie. Dann war es soweit, wir verabschiedeten uns bei den Wirtsleuten und dem Personal, mit den besten Wünschen für alle trennten wir uns.

Auf der Heimfahrt überquerten wir noch mal den Nord Ostsee Kanal, es ist toll, aus der Höhe die Schiffe unter sich fahren zu sehen. Dann besuchten wir nochmal Kiel, von da ging es weiter nach Hamburg, hier machten wir noch mal halt, um an einer Stadtrundfahrt teilzunehmen. Hier erklärte uns auch eine Dame alles über die Stadt und die Sehenswürdigkeiten an denen wir vorbei fuhren.

Die Fahrt dauerte circa vier Stunden. Wir überlegten, ob wir hier in Hamburg übernachten sollen oder noch ein Stück zu fahren. Wir fuhren noch bis Lüneburg, in einem Hotel fanden wir noch ein Zimmer, nach einem reichhaltigen Abendessen und einem kleinen Bummel durch die Stadt, legten wir uns schlafen. Am anderen Morgen nach einem kräftigen Frühstück ging es weiter, wir wollten uns unbedingt noch das Schiffshebewerk in Scharnebeck ansehen, ein imposantes Bauwerk, wir benötigten da viel Zeit. Dort angekommen, war es gerade recht, um zum Mittagessen zu gehen. Danach ging es weiter über Uelzen in Richtung Braunschweig, wir wollten im Harz noch einen Tag zubringen. Wir kamen bis Goslar, dann mussten wir wieder nach einer Übernachtungsmöglichkeit suchen. In einer Privatpension wurden wir fündig.

Es gefiel uns auf Anhieb, die Bewirtung war einfach, aber gut, ein guter Abendtisch nach Art des Hauses, Die Hausfrau sagte uns, was wir uns am anderen Tag ansehen sollten, es war spät geworden, also gingen wir schlafen. Noch ein gute Nacht Kuss und Licht aus. Am frühen Morgen wurden wir von den anderen Gästen geweckt, sie wollten eine Bergtour machen, das war nichts für uns, wir wollten uns etwas den Harz ansehen. Wir machten mit der Hausfrau aus, dass wir am Abend wiederkommen. Nach dem Frühstück fuhren wir los, zuerst nach Clausthal Zellerfeld, nach einer Stadtbesichtigung ging es weiter nach Braunlage, hier machten wir Mittag, unsere Fahrt ging weiter über Wernigerode, dann Bad Harzburg und dann zurück nach Goslar. Es war ein ereignisreicher Tag, wir haben viel gesehen und haben dabei festgestellt, dass der Harz auch mal einen Urlaub wert wäre. Bei der Hausfrau in Goslar verbrachten wir noch einen schönen Abend, die Bergwanderer veranstalteten einen bunten Abend mit Musik, Gesang und viel Spaß, es wurde recht lustig. Am anderen Tag wollten wir dann durchfahren bis Erlangen, dort noch ein paar Tage bei Irene und Frau Meurer in unserer Wohnung verbringen. Wir wurden freudig begrüßt, es ist schön, wieder zu Hause zu sein, Leni sah man es an, dass sie froh ist, ihre Tochter in den Arm nehmen zu können, unsere Frau Doktor, unser ganzer Stolz.

Wir verbrachten hier ein paar geruhsame und angenehme Tage, ich konnte mich nebenbei um meine Häuser und was dazu gehört kümmern. Ich war sehr zufrieden über den Zustand der Häuser, der Höfe und der Garagen, Herr Hagmann hatte alles fest im Griff, das gefiel mir. Ich besuchte ihn, er freute sich sehr als ich zu ihm kam, wir hatten einiges zu bereden. Er sagte: „Gut dass sie kommen, ich wollte sie demnächst anrufen, denn die Heizung musste wieder gewartet werden. Der Kaminkehrer hatte es geraten um Problemen vorzubeugen." Ich sagte: „Wenn sie möchten, können sie das veranlassen, wählen sie dazu eine versierte Firma aus." Es tat ihm richtig gut, dass ich ihm sozusagen die Vollmacht dazu gab, er wollte sich gleich die nächsten Tage mit einer Firma in Verbindung setzen, gut wenn man sich auf seine Leute verlassen kann. Nach drei Tagen verabschiedeten wir uns von unserer Frau Doktor und Frau Meurer, um nach Hause zu fahren. Die Trennung von Mutter und Tochter fiel beiden schwer, aber es ist ja nicht für immer. Erst wollte ich noch über Pegnitz zu Gerald fahren, doch dann entschieden wir uns, gleich den Weg nach Hause anzutreten. Am späten Nachmittag kamen wir in Rathmannsdorf an, Hans Peter war in München bei seinem Studium. Wir luden unsere Sachen aus und sortierten sie gleich, ich machte uns einen Kaffee, mir war jetzt einfach danach. In Ruhe den Kaffee genießen, dann konnte es wieder weitergehen. Ich machte mich über die Post her, während Leni die Wäsche in Richtung Waschmaschine brachte und die anderen Mitbringsel an ihre Plätze tat. Es hatte sich einiges an Post angesammelt, darunter auch ein Schreiben vom Ordnungs- und Grundbuchamt. Wegen Bagatellen sollte ich zu den angegebenen Terminen bei ihnen vorstellig werden. Doch zuerst hatten wir zu Hause Arbeit genug, Leni erledigte die Wäsche, ich machte mich über Haus und Hof her, Hans Peter hatte nicht arg viel getan, er hatte nur seine Spuren hinterlassen, wenn er mal zu Hause war. Ordnung war noch nie sein Metier gewesen.

Wir schrieben jetzt das Jahr 1985, bald würde auch dieses zu Ende gehen, der Herbst hatte sich mit Macht schon angekündigt, so wird es bald Weihnachten werden. So vergeht ein Jahr nach dem anderen, wenn ich daran denke, das wir schon mehr als 20 Jahre verheiratet sind, wo sind die Jahre hin? Aber ich bereue keine Stunde die ich mit Leni verbracht habe. Ich musste mich für den Behördengang vorbereiten, mal sehen, was sie von mir wollen, die Obrigkeit sollte man nicht warten lassen, also war ich zur festgelegten Zeit dort vorstellig. Man eröffnete mir da, dass meine Abwasserleitung der

Garagen nach Überprüfung den Ansprüchen genügt, das wusste ich schon lange, aber jetzt ist es amtlich. Desweiteren war der Eintrag ins Grundbuch jetzt auch erfolgt, da nun auch der dritte Verkäufer seine Unterschrift geleistet hat und das nach vielen Jahren. Um mir das mitzuteilen, musste ich extra hier vorstellig werden, na prima, es geht doch nichts über eine gute Bürokratie. In den nächsten Tagen kam Hans Peter wieder mal nach Hause, wir schrieben den 3. April 1986, am 6. hat er Geburtstag, er wird jetzt 20 Jahre alt. Zuerst gab es eine herzliche Begrüßung, er hatte sich gut gemausert, mit dem Studium kam er gut voran, sein Wunsch Forstwirt zu werden, wird sich bald erfüllen. Er wollte eine Woche hier bleiben, dann musste er wieder zurück nach München an die Uni. Jetzt wollte er erst mal zu den Kollegen der Bergwacht, Berge und Wald, das wäre seine Lebenserfüllung. Mit den Frauen hatte er es nicht so, er sagte zwar, dass er in München eine Freundin hat, sie studiert mit ihm, sie verstehen sich gut, aber ob das was fürs Leben ist, das weiß er noch nicht, warten wir es ab, vielleicht lernen wir sie mal kennen, schön wäre es schon. Leni freute sich besonders, dass Hans Peter an seinem Geburtstag zu Hause ist, natürlich würde sie ihm einen wunderschönen Tag bereiten.

Dann war es soweit, bevor wir jedoch anfangen konnten, meldete sich Irene, sie gratulierte Hans Peter herzlich zu seinem 20. Geburtstag, sie kann leider nicht kommen, ihr Dienstplan war eng gesteckt und eine Vertretung war nicht da. Wir hatten alles vorbereitet, so konnte es losgehen, Hans Peter hatte ein paar Freunde der Bergwacht eingeladen, viel lieber wäre er natürlich mit

85

ihnen gegangen, aber das könnte er seiner Mutter nicht antun, so feierten sie eben mit bei uns. Es wurde ganz schön lustig, einfach ein schönes Fest. Mit Musik und Gesang, sie sangen alte Berglieder, da kann schon Stimmung auf. Es war fast Mitternacht, da verabschiedeten sich die Kollegen, Ruhe kehrte wieder ein, Leni und ich machten noch reinen Tisch, dann gingen wir auch zur Ruhe. Am anderen Morgen folgte ein gemeinsames Frühstück, am Nachmittag wollte Hans Peter noch zu seinen Freunden der Bergwacht, denn am nächsten Tag muss er dann wieder nach München. Leni packte ihm frische Wäsche ein, etwas Handfestes zum Essen für die nächsten Tage, so konnte er wieder in sein Studio Domizil fahren. Leni war etwas traurig, dass er so schnell wieder wegfuhr, aber das ist nun mal das Los aller Mamas, man kann seine Kinder nun mal nicht nur für sich haben. Ich nahm sie in den Arm um sie etwas zu trösten, damit sie den Abschied leichter erträgt. Sie lehnte sich an mich, wir gingen dann wieder zum allgemeinen Tagesablauf über. Am anderen Morgen war das Haus wieder leer, wir hatten es wieder für uns. Am Abend sagte Leni: „Wir könnten doch mal wieder nach Erlangen fahren und nach Irene sehen, ich habe Sehnsucht nach meiner Tochter." Ich versprach ihr, dass wir das in nächster Zeit tun werden.

Anfang der nächsten Woche war es dann soweit, ich hatte einige Sachen in Erlangen zu erledigen, so fuhren wir eines Morgens los. Zuerst besuchten wir Frau Meurer, welche meine Wohnung pflegt, sie freute sich natürlich riesig, als wir ankamen. Am Nachmittag wollten wir einen kleinen Bummel durch die Stadt machen. Ich hatte mich für den anderen Tag bei meinem Anwalt Stefan Reichel angemeldet. Es gab da noch einige Fragen zu bearbeiten in Sachen Häuser. Es gab immer wieder irgendwelche Fragen und Einwände von Seiten der zuständigen Ämter. Am Abend kam Irene, war das eine Freude, endlich konnte Leni ihre Tochter wieder mal in den Arm nehmen. Irene hatte sich schwer verändert, der harte Dienst und die oft tragischen Erlebnisse hatten sie geprägt. Sie war eine hübsche junge Frau, dazu Ärztin aus Leidenschaft, aber alles hinterließ Spuren, sie wirkte irgendwie müde. Ich sagte ihr das, sie sagte: „Du hast ja recht, aber ich bin momentan fast jeden Tag im Einsatz, das zehrt schon, ich weiß, ich sollte mal Urlaub machen, aber zur Zeit ist das unmöglich. Jetzt zu Beginn der Ferienzeit ist das ganz schlimm, die Unfälle auf den Autobahnen in unserem Bereich nehmen kontinuierlich zu, besonders die Motorradfahrer sind eine Kategorie für sich. Hier gibt es die meisten nachhaltigen Lähmungen, Innere- und Kopfverletzungen. Das jeden Tag zu erleben belastet uns schon sehr, schlimm ist es, wenn wir zu spät kommen und nicht mehr helfen können." Wir verbrachten den Abend noch gemeinsam, natürlich war auch Frau Meurer dabei, sie gehört ja schon fast zur Familie. Es gab noch so viel zu erzählen, doch dann kam das Sandmännchen und wir legten uns schlafen.

Irene musste schon früh wieder raus, ein neuer Einsatz, sie verabschiedete sich kurz und dann war sie weg. Leni war schon traurig, dass sie nur so kurz mit ihrer Tochter zusammen sein konnte. Die Pflicht kennt kein Erbarmen, entweder man macht mit, oder man geht ein. Wir hatten uns vorgenommen, drei Tage hier zu bleiben, wir machten einen Stadtbummel, kauften mal hier mal da etwas, so brachten wir den Tag angenehm herum. Am Abend hofften wir, dass Irene kommen würde, aber sie hatte Nachtdienst, da ging das nicht. Am anderen Morgen kam eine Hiobsbotschaft, Sofie Hausmann hatte bei Irene angerufen, unsere Nummer hatte sie nicht gefunden. Die Bergrettung hatte sie angerufen, dass Hans Peter mit zwei Kameraden in der Benediktinerwand bei der Bergung eines leichtsinnigen Bergsteigers abgestürzt ist, mehr weiß sie auch noch nicht. Leni war ganz außer sich, wir sollten gleich nach Hause fahren. Ich sagte: „Leni, die Benediktinerwand ist nicht bei uns, sonder südlich von Bad Tölz. Wir müssen jetzt erst die Bergrettung in Bad Tölz anrufen, aber es ist besser, wenn das Irene tut. Sie bekommt da eher Auskunft." So machten wir es auch, Irene rief an und bekam den Bescheid, dass Hans Peter mit seinen Bergkameraden im Krankenhaus von Bad Tölz liegt.

Also brachen wir auf um nach Bad Tölz zu fahren. Über Ingolstadt und München fuhren wir nach Bad Tölz. Wir fuhren gleich zum Krankenhaus, wir meldeten uns an, mussten aber warten, weil Hans Peter gerade im OP behandelt wurde. Leni war ganz zittrig vor Aufregung, ich versuchte sie zu beruhigen, aber die Sorge um ihren Sohn war stärker, sie war nicht zu beruhigen. Der Chef der Bergrettung aus Bad Tölz war auch da, er erklärte uns, wie es zu dem Unfall gekommen ist, seine Leute waren schon im Einsatz, da war es gerade gut, dass Hans Peter und Herbert Schulz zu Besuch gekommen sind. Sie kannten sich, Hans Peter und sein Kollege waren gleich bereit, wegen der hohen Dringlichkeitsstufe einzuspringen. Wie es zu dem Unfall gekommen ist, erklärte er uns. Ein leichtsinniger Bergsteiger ist an der gefährlichsten Stelle des Berges abgerutscht, hatte sich dort mit seinem Seil selbst gefangen, konnte sich aber nicht selber befreien. Gegenüber auf dem Berghang hatten das Spaziergänger mit angesehen, konnten aber ihm nicht helfen, also verständigten sie die Bergwacht. Hans Peter und sein Kollege waren gleich mit bereit, bei der Rettung mit zu helfen. Sie hatten sich fast bis zu dem eingeklemmten hin gearbeitet, da brach ein größerer Felsbrocken aus der Wand und riss die drei Helfer mit in die Tiefe. Da sie angeseilt und gesichert waren, blieben sie an der Wand hängen, der Felsbrocken polterte über sie hinweg ins Tal, sie wurden von den umherfliegenden losen Gesteinsbrocken teilweise stark verletzt. Ein Hubschrauber musste sie aus ihrer Lage befreien. Dem Leichtsinnigen ist nicht viel passiert, die drei von der Bergrettung liegen im Krankenhaus.

Nach einer Ewigkeit ging die Tür auf und Hans Peter wurde in die Intensivstation gefahren, Leni wäre am liebsten gleich mit, aber der Arzt hielt uns zurück. Er sagte: „Hans Peter liegt noch in Narkose, die Verletzungen sind nicht Lebensgefährlich, er braucht jetzt erst mal Ruhe." Ich bedankte mich bei dem Arzt für die Auskunft und fragte noch, wie es den anderen Kollegen geht, er meinte, die sind etwas besser weg gekommen. Ich sagte zu Leni, dass wir jetzt erst nach einer Bleibe sehen müssten, damit wir in der Nähe sind. Sie sah das ein, so gingen wir in ein Hotel, welches uns der Chef der Bergrettung genannt hatte. Wir bekamen da ein Zimmer, so war diese Frage schon mal geklärt. Jetzt mussten wir erst mal etwas essen, wir waren den ganzen Tag noch nicht dazu gekommen, dann wollten wir nochmal ins Krankenhaus, vielleicht konnten wir dann mehr erfahren. Im Krankenhaus konnten wir Hans Peter auf der Intensivstation kurz besuchen, er lächelte leicht gequält als er uns sah, er meinte nur, nicht so schlimm, es geht schon wieder. Wir mussten wieder gehen, der Arzt sagte uns, wir sollten am anderen Morgen wiederkommen. Wir sahen uns noch etwas die Stadt an, um dann ins Hotel zu gehen. Leni wollte sich gleich hinlegen, die Aufregung hatte sie schon belastet, ich wollte noch ein Glas Wein trinken, dann würde ich auch ins Zimmer kommen. Ich überlegte, was ist, wenn Hans Peter Schäden bleiben, kann er sich dann noch seinen Berufswunsch erfüllen und denselben ausführen? Wir müssen sehen, was sich tut. Am anderen Morgen nach dem Frühstück gingen wir gleich wieder ins Krankenhaus, ich wollte bei der Gelegenheit gleich eine Bescheinigung haben, dass ich Hans Peter an der Uni entschuldigen könnte. Der Arzt sagte mir dazu, dass dies der Chef der Bergrettung von Bad Tölz schon erledigt hat, wir brauchen uns da keine Sorgen machen.

Hans Peter ging es schon wieder besser, die Folgen der Narkose waren verflogen, er sollte noch in ein anderes Zimmer verlegt werden, da könnten wir ihn besser besuchen. Er kam zu seinem Kollegen Herbert ins Zimmer, das war gut, konnten sie sich doch da unterhalten. Die Wunden waren doch nicht so gravierend wie zuerst angenommen, am Kopf hatten beide nichts, sie hatten einen Schutzhelm getragen. Der dritte Kollege lag noch auf der Intensivstation. Dem Verursacher ist fast nichts geschehen, er wird für seinen Leichtsinn noch zur Rechenschaft gezogen werden. Hans Peter und seinem Kollegen ging es jeden Tag besser, wenn es so bleibt, dann können wir ihn bald nach Hause holen. Sein Kollege konnte mit ihm das Krankenhaus verlassen, nur wusste er nicht wohin, er war allein. Leni lud ihn ein, doch mit zu uns zu kommen, bis er wieder gesund ist. Dankbar nahm Herbert die Einladung an. Bei uns konnten sich die zwei wieder erholen, es ging ihnen mit jedem Tag besser. Wenn es so weitergeht, dann können sie bald wieder nach München, sie hatten durch die Vorkommnisse schon viel Zeit verloren, mussten einiges nachholen, sie bekamen wenigstens von der Unileitung keine nachteiligen Anmerkungen.

Dann kam der Tag, dass die beiden wieder nach München fahren konnten, sie wurden dort von den Kommilitonen freudig begrüßt. Doch dann hatte sie der Ernst des Lebens wieder fest im Griff. Hans Peter hatte noch circa zwei Jahre bis zum Ende seines Studiums, er wollte unbedingt mit 22 Jahren fertig sein, er war schone ehrgeizig. Er hatte da schon ein Angebot, in den Chiemgauer Bergen als Forstangestellter Dienst zu tun und dabei seiner Neigung als Bergretter weiter zu frönen, er war davon nicht abzubringen. Die Zeit lief dahin, Irene kam ein paar Tage um Urlaub zu machen, sie hatte es sehr nötig, Mama Leni wird sie schon wieder aufpäppeln. Eine Woche ist nicht viel, aber sie konnte mal ohne Belastung ausschlafen, dann das gute Essen von Mama, das bringt sie wieder in Schwung. Sie meinte, in ihrem Jugendzimmer hat sie sich so richtig wohlgefühlt. Leni hatte natürlich nichts verändert, sie hielt den Raum immer in Schuss. Bei Hans Peter sah es anders aus, ihm war das egal wo er schläft, er war da nicht so verwöhnt, natürlich hielt Leni sein Zimmer auch in gutem Zustand, aber wenn er da war, sah es meistens aus, als wenn eine Kuhherde durch gelaufen wäre. Leni lachte bloß und brachte alles wieder in Ordnung, sie liebt ihre Kinder, dafür nimmt sie vieles in Kauf. Was ihr weh tut ist, dass sie Irene so wenig sieht.

Irene sagte eines Abends: „Holger würde mich gerne Heiraten, aber ich möchte noch nicht, mit ihm ist es ja schön, aber nur in einer Praxis miteinander zu arbeiten, ist mir zu wenig." Was sollten wir dazu sagen, sie sollen sich ihr Glück selbst aussuchen. Die Entscheidung ließ nicht lange auf sich warten. Irene und Holger hatten eine Vereinbarung getroffen. Er hatte ein Angebot erhalten, eine Praxis von einem Arzt zu übernehmen, derselbe war schon alt und wollte in Rente gehen. Er war ein guter Bekannter von Holgers Vater, Holger hatte dadurch einen guten Start. Die Praxis war gut eingerichtet, Holgers Vater half seinem Sohn finanziell bei der Übernahme. Irene konnte ihre jetzige Stellung behalten, so stand einer Heirat nichts mehr im Wege. Holger übernahm auch gleich die beiden Praxisgehilfinnen, das war schon ein Plus für ihn, die kannten sich aus und auch die meisten Patienten. Irene war glücklich, dass alles so positiv lief. Das Jahr 1986 neigte sich dem Ende zu, die zwei waren sich einig, dass im Frühjahr 1987 zu Ostern die Hochzeit sein soll. Wir und die Eltern von Holger sehen es gern, wenn die zwei zusammen kommen. Das Verhältnis zwischen uns und der Familie Hartmann hatte sich sehr positiv entwickelt, wir verstanden uns bestens. Weihnachten 1986 ging vorüber, am Heiligabend war Irene bei uns, musste aber am anderen Morgen gleich wieder los, die Pflicht gönnt sich keinen Feiertag. Hans Peter kam am ersten Feiertag, vorher hat es ihm nicht gereicht. Für Leni und mich waren dadurch die Feiertage nicht das, was man sich so darunter vorstellt, die Kinder waren fast nur auf der Flucht, keiner von beiden hatte mehr Zeit, so waren wir am Ende allein. Leni hatte die Familie Hausmann zu uns eingeladen, sie hatten mit ihren Kindern die gleichen Probleme. An Silvester und dem Start ins neue Jahr war es gleich, keiner hat mehr Zeit, die Eigeninteressen sind stärker.

An Ostern 1987 fand die Hochzeit von Holger und Irene statt, wir feierten in Erlangen in dem uns bekannten Lokal. Anwesend waren die Brauteltern beiderseits, Freunde und Bekannte von Holger und Irene und verschiedene Verwandte, wir waren circa 60 Leute. Bei einem guten Essen, Musik und Tanz verbrachten wir einen schönen Abend. Das Brautpaar verschwand pünktlich um Mitternacht, die anderen feierten noch bis drei Uhr früh. Leni und ich übernachteten noch in Erlangen und fuhren am nächsten Tag wieder nach Hause. Die Zeit verging, im Mai fuhr ich wieder nach Erlangen um nach meinen Häusern zu schauen, dort war alles in Ordnung, Herr Hartmann kümmerte sich um alles, dafür erließ ich ihm seine Miete. Ich blieb drei Tage in Erlangen um alles zu erledigen, dann fuhr ich wieder nach Hause. Es war angenehm fahren, flott ging es in Richtung Rathmannsdorf. Daheim wurde ich schon sehnsuchtsvoll erwartet. Unterwegs hatte ich Zeit und lies mal so im Geist die Jahre an mir vorüberziehen, was hatte ich erreicht? Was hat sich so alles ergeben? Ich war nicht reich, aber doch wohlhabend, hatte eine liebe verständnisvolle Frau gefunden, habe zwei wertvolle Kinder, soweit konnte ich eigentlich mit meinem Leben zufrieden sein. Doch der Zahn der Zeit nagt auch an uns, ich bin jetzt immerhin schon 57 Jahre alt, Leni ist 56. Gehören wir jetzt zum alten Eisen? Haben wir noch etwas vom Leben zu erwarten? Ich hoffe, dass wir noch viele schöne und glückliche Jahre miteinander verbringen zu können, unsere Kinder sind soweit versorgt, Hans Peter macht jetzt 1987 seinen Forstmeister, einen Bezirk hat er schon zugeteilt bekommen, zudem war er zweiter Chef der Bergrettungsstaffel, über seine Zukunft brauchen wir uns keine Sorgen mehr zu machen. Auch Holger und Irene hatten ihre Zukunft abgesichert. Das einzige, wo sich besonders Leni Sorgen macht, Hans Peter hat wohl eine nette und gebildete Freundin, aber mit dem Heiraten tut sich nichts, er will einfach nicht, wie lange seine Freundin das mitmacht, ist fraglich, warten wir es ab. Ich wünsche uns allen, ob Jung ob Alt, noch viel schöne Jahre, mit hoffentlich hoher Lebensqualität, halt ein langes Leben bei so viel Gesundheit wie möglich. Das war es dann mit uns, ich sage allen Servus und bis bald, bei guten Freunden und bei Allen die uns mögen.

Ein kurzer Steckbrief des Autors:

Name: Kurt Peuschel

Geboren am   17. August 1930

In   Lettin Kreis Halle / Saale

Verheiratet mit   Josefine

Geboren am   19.März 1930

In   Eggingen bei Ulm

vier Kinder, sieben Enkelkinder und zwei Urenkel

Nachwort:

Das Buch entstand im Jahre 2012 und ich bin 82 Jahre alt bei guter Gesundheit und bester geistiger Verfassung.

Vielen Dank an alle Leser, die sich für mein Buch entschieden haben.